目次

前《まえ》書《が》き

無人島に必要最小限の荷物を持って滞在すると想定した時、一冊の本を選ぶとすれば、松尾芭蕉《まつおばしょう》の『芭蕉俳句集』である。昭和四五年（1970年）に岩波書店から出版された文庫本で、俳諧《はいかい》研究者の中村俊定《しゅんじょう》（1990―1984年）氏が校正したものである。芭蕉翁が寛文《かんぶん》二年（1662年）の一九歳から元禄《げんろく》七年（1694年）の五一歳まで詠んだ九八二句、芭蕉作と確証されていない存疑《そんぎ》の五五〇句、偽書書簡の二六句、誤伝とされる二〇八句の計一、七六六句が収めてある。

松尾芭蕉《まつおばしょう》という人の名前を初めて知ったのは、中学生の頃に手にした国語の教科書であった。この頃の私は登山やキャンプに目覚めた時で、登山もキャンプも「旅」の世界に包まれると考えていた。思春期《ししゅんき》からは旅に関する歌謡曲を口ずさみ、小林旭《あきら》氏の「北帰行」や「さすらい」、加山雄三氏の「旅人よ」、岡林信康《のぶやす》氏の「流れ者」、ジュリー藤尾《ふじお》氏の「遠くに行きたい」は私の大好きな曲であった。その歌から旅に対するイメージが単なる行楽《こうらく》に限らず、生活の手段であることも知った。

芭蕉翁《ばしょうおう》の最高傑作である『おくのほそ道』の冒頭分に「舟の上に生涯をうかべ馬の口とらへて老《おい》をむかふる者は、日々《ひび》旅にして旅を栖《すみか》とす。」の記述がある。船の乗組員（船員）やタクシーの運転手が現在の職業に該当するだろう。トラックやバスの運転手も含まれ、旅行会社の添乗員《てんじょういん》は旅に関する職業の花形と思われる。私は中学校を卒業し、外国航路の船員を養成する学校に進学した。そして、一部上場の海運会社に就職したものの、船内の規律改善をめぐって船長に反発して退社を余儀《よぎ》なくされて、舟の上に生涯を浮かべる日々に挫折《ざせつ》する。その後の青春時代は、「トラベルアルバイター」などと自称し放浪の旅を重ねた時代があった。この頃から読書が好きになって様々な書物を読み漁《あさ》った。特に歴史や文学、思想や哲学に関する本には夢中になった。

歴史書は日本史が中心で、文学は抒情詩・和歌（短歌）・発句《ほっく》（俳句）などの詩歌を愛した。思想に関しては日本の臨済禅《りんざいぜん》や中国の道教《どうきょう》に傾倒し、哲学はソクラテスに始まる西洋哲学や日本の西田哲学を一通《ひととお》り学んだ。最も影響を受けたのが、フランスのジャン・ジャック・ルソーとアメリカのヘンリー・デビット・ソローの自然に対する思想である。しかし、六九歳となった現在、頭の中には詩歌を除くと何も残っていない。所詮《しょせん》、好奇心で学んだ勉強は、血となり肉となることは少なかったようだ。

芭蕉翁の『おくのほそ道』の序文は、歌謡曲のように節を付け、最もポピュラーな仏典、『般若心経《はんにゃしんぎょう》』と同様に暗唱している。芭蕉翁の句の多くは、小学生でも理解できる分かり易い句が多いが、その句の真意は老人にも理解できない奥深《おくぶか》さがある。その句をかみしめると、俳諧に徹した「徹学《てつがく》」とも呼ぶに相応《ふさわ》しい句もある。その句を紐解《ひもと》きながら自分なりに評論したのが、『「芭蕉学」のすすめ』である。芭蕉文学の解釈は我流であり、私が五〇年間、見つめ続けて来た「松尾芭蕉翁像《ばしょうおうぞう》」でもある。

(1)

芭蕉翁の生《お》い立《た》ち

芭蕉翁は江戸時代初期の寛永《かんえい》二一年（１６４４年）九月二七日、伊賀上野赤坂に生れる。現在の三重県伊賀市上野赤坂町で、父は松尾与左衛門《よざえもん》（生年没不詳）、母は百《もも》（？—１６８２年）、その間に次男として生まれる。父の与左衛門は、土豪・柘植《つげ》七党の松尾氏の傍流《ぼうりゅう》の出で、柘植村《つげむら》から上野城下の赤坂町に移っている。身分は「無足人《むそくにん》」と呼ばれる農民で、名字帯刀《みょうじたいとう》は許されたが戦時には下級武士として無給で徴集される立場であった。兄弟には兄の半左衛門《はんざえもん》（生没年不詳）、姉一人と妹三人がいた。母の百の正確な名前は不明であるが、四国伊予《いよ》の宇和島《うわじま》と今治を領していた藤堂高虎《とうどうたかとら》（１５５６—１６３０年）が伊賀の国に移封となった時、宇和島から同行した桃地《ももち》氏の娘とされる。芭蕉翁の幼名は金作《きんさく》、通称は甚七郎《じんしちろう》または甚四郎《じんしろう》と称され、名は忠右衛門《ちゅううえもん》、のちに宗房《むねふさ》と改められた。俳号は当初、本名を音読みして宗房《そうぼう》を名乗っていたが、母の出に因んで「桃青（とうせい）」とした。その後《のち》の三八歳の時、江戸の草庵に門人の李下《りか》（？—１７０３年）から芭蕉一株が贈られて、「芭蕉（はせを）」と号するようになった。

明暦《めいれき》二年（１６５６年）、芭蕉翁が一二歳の時に父が死去する。新たな当主となった兄・半左衛門に支えられて成長することになる。寛文《かんぶん》二年（１６６２年）に一九歳となった芭蕉翁は、侍大将の藤堂新七郎家の嗣子《しし》・主計良忠《ちからよしただ》（１６４２—１６６６年）に仕えている。

一九歳となった芭蕉翁は、小姓《こしょう》として仕えるには年齢的に遅く、それ以前に仕えた可能性もあるが、藤堂家の正規の家臣ではなく、奉公人《ほうこうにん》で厨房役か料理人を務めたとされる。

芭蕉翁よりも二歳年上の良忠は、京の和学者で俳人の北村李吟《りぎん》(1625—1705年)に師事していた。李吟から「吟」の一字を与えられて、俳号を蟬吟《せんぎん》と称していた。芭蕉翁の最初の俳諧の師匠は蟬吟で、そのいろはを学んでいる。また、蟬吟が京に赴き、李吟から直接指導を受ける際、芭蕉翁も同道して俳諧を学んだと推察《すいさつ》され、その影響を受けている。芭蕉翁と蟬吟の接点を示す歴史的な資料としては、寛文《かんぶん》六年(1666年)に蟬吟が主催した「貞徳翁《ていとくおう》十三回忌追善百韻俳諧《ひゃくいん》」の一巻である。松永貞徳《ていとく》(1571—1654年)は、京の有名な歌学者《かがくしゃ》で連歌師《れんかし》でもあった。蟬吟は晩年の貞徳からも指導を受けていて、芭蕉翁も貞門派《ていもんは》の作風に触れている。百韻の発句は蟬吟で、脇句は李吟が詠んでいるが、李吟の句は一句だけなので書簡による参加とされる。芭蕉翁も宗房《そうぼう》の名で詠んでいて、宗房としては現存する唯一の俳諧一巻である。

寛文《かんぶん》六年(1666年)四月二五日、蟬吟が二五歳の若さで死去すると、高野山に遺骨《いこつ》(または遺髪《いはつ》)を納めるため、一行に加わっている。その後《ご》の経歴は不明な点が多いが、二九歳で江戸に出るまでは、伊賀上野で俳諧師の道を探《さぐ》っていたようである。

(2)

伊《い》賀《が》上《うえ》野《の》時代

1番、「春や来し　年や行けん　小晦日《こつごもり》」

芭蕉翁が詠んだ句の中で、作品年代の最も古い句である。延宝《えんぽう》三年（1675年）に広岡宗信《むねのぶ》（生没年不詳）が編集した『千宜理記《ちぎりき》』に初入集する。小晦日は陰暦《いんれき》（旧暦）の一二月二九日で、現在の一二月三〇日になる。『芭蕉俳句集』には、「二九日立春ナレバ」との詞書《ことばがき》がある。年の暮は新しい年への始まり前で、年が明《あ》けると春に立って向う季節となる。芭蕉翁が俳諧の世界に魅《み》せられて、新たな一歩を記した句で、青春のエネルギーが「行《ゆ》くぞ」という気持ちにあふれている。

2番、「姥桜《うばざくら》　さくや老後の　思ひ出に」

芭蕉翁の二一歳の作で、寛文《かんぶん》五年（1664年）、京の俳人・松江重頼《しげより》（1602－1680年）によって編纂された『佐夜中山集《さよのなかやましゅう》』に「伊賀上野松尾宗房」の名で入集した発句二句の一句である。姥桜《うばざくら》はヤエザクラやヒガンザクラの一種とされるが、姥桜には老齢《ろうれい》の女性をさすイメージがある。老後の思い出に一花《ひとはな》咲かせる状況を詠んだ口軽《くちがる》な調子の句ではあるが、当時の作風に倣ったようである。あまり評価されていない句であるが、芭蕉翁初期の洒脱《しゃだつ》な句と思えば、違和感を覚えない。

3番、「年は人に　とらせていつも　若夷《わかえびす》」

寛文《かんぶん》六年(1666年)、二三歳の作で、『千宜理記《ちぎりき》』に収録されているが、初案の句は『詞林金玉集《しりんきんぎょくしゅう》』にもある。若夷は七福神の恵比寿様《えびすさま》を描いた御札《おふだ》で、上方では正月元旦の朝、夷《えびす》売りが町々を回って紙札を売り歩いたとされる。家の門口に張って、新しい年の福を呼び込む風習があった。人は年を経て老《ふ》けて行くのに、御札の若夷は毎年同じで歳を取らない。「もう少し工夫をして様々な恵比寿様があってもよいのに」と、滑稽《こっけい》な正月の光景と芭蕉翁の目には映ったようで味わい深い。

4番、「うかれける　人や初瀬《はつせ》の　山桜」

発句の詞書には「初瀬にて人々花みけるに」とある。初瀬は奈良の長谷寺《はせでら》で、寛文《かんぶん》七年(1667年)、二四歳の作である。北村李吟の子・北村湖春《こしゅん》(1650—1697年)が編した『続山井集《ぞくやまのいしゅう》』に収められて、他にも二五歳までの二六句が入集している。長谷寺は伊賀上野に通じる初瀬街道《はつせかいどう》があって、片道約40kmを一泊二日で訪ねたようである。芭蕉翁は花の歌人であった西行法師《さいぎょう》（1118—1190年）の影響を受け、桜に関す句を数多《あまた》詠んでいる。花見頃にサクラの花に浮かれた人々の姿は現在も変わりなく、ヤマザクラは当時の桜を代表する品種《ひんしゅ》で、ソメイヨシノが広まったのは明治時代以降からである。

5番、「たんだずめ　住《す》め ば都ぞ　けふの月」

寛文《かんぶん》七年（1667年）の二四歳の作で、『続山井集《ぞくやまのいしゅう》』に入集した一句である。「たんだずめ」は、ただひたすらに澄むことを意味し、「ただ住め」に掛《か》けている。「住ば都ぞ」は、京の都をさしていて「けふの月」のけふと京が掛詞《かけことば》となっている。現在でも「住まば都」と一般的に言われ、江戸時代からイメージされたようだ。下らない言葉遊びと揶揄《やゆ》される句であるが、俳諧は遊びの芸事《げいごと》であるので、面白《おもしろ》おかしく表現するのが好まれたのである。

6番、「かつら男《おとこ》　すまずなりけり　雨の月」

この句は芭蕉翁が二六歳の作で、延宝《えんぽう》二年（1674年）に荻野安静《あんせい》（生没年不詳）の『如《にょ》意宝珠《いほうじゅ》』に収められた。「かつら男」は、「桂男《かつらおとこ》」とも表記される中国神話に登場する架《か》空《くう》の人物で、月で木を切る住人とされる。「月のウサギ」と一緒で、日本では平安時代の桂男は、「美男《びなん》」の形容詞とされるが、江戸時代はその逆に「妖怪《ようかい》」の一種とされた。雨の日には月も澄まず、桂男も住んでいないだろうと、駄洒落《だじゃれ》を考えている。主人の蝉吟を失って無職となった芭蕉翁は、洒落に富んだ句を詠み、自分自身を慰《なぐさ》めようとした様子が感じられ、桂男に自分の姿を重ねたとも思われる。

7番、「うち山や　外様《とざま》しらずの　花盛《はなざかり》」

芭蕉翁が二七歳の折、奈良を訪ねた時の句で、寛文《かんぶん》一〇年（1670年）に刊行された『大和《やまと》巡礼』に選ばれた二句の一句である。「うち山」は、現在の奈良県天理市の山の辺の道にあった内山永久寺《えいきゅうじ》のことである。「外様」は大名などの外様ではなく、身内《みうち》ではない部外者《ぶがいしゃ》をさす。永久寺は修験の寺であったので、境内への立ち入りが禁止され、「外様しらず」と言ったようである。境内は花の盛りであるのに見物できない様子を詠んでいる。おそらく、塀越《へいご》しに見える花を眺めたのであろう。

8番、「春立《た》と　わらはも知《し》るや　かざり縄《なわ》」

尾張の貞門派の重鎮・吉田友次《ともじ》（？―1669年）が編集した『藪香物《やぶこうのもの》』に収められた

句で、二八歳の作である。元旦になると、飾り縄が正月の家々に飾られる。「わらは」は童《わらべ》のことで、その正月飾りを知らない子供はいないだろうと、詠んでいる。童の「わら」は縄の「藁《わら》」の掛詞となっている。和歌に用いられて来た掛詞の伝統を俳諧にも残そうとした苦労が偲ばれる。この頃の芭蕉翁は、伊賀上野の若手俳諧愛好家のリーダー的な存在となっていて、翌年の寛文《かんぶん》一二年（1672年）一月には自撰の三十番発句合《くあわ》せ『貝《かい》おほひ』を刊行し、伊賀上野の天満宮に奉納している。

9番、「きてもみよ 甚《じん》べが羽織《はおり》 花ごろも」

芭蕉翁の処女作である『貝《かい》おほひ』は、貝殻を二枚ずつ合わせるように、参加者が左右に分かれて「句合《くあわ》せ」をするもので、地元の俳人たちの句を三十組六十句を集めて対局させ、その勝敗を宗房《そうぼう》（芭蕉翁）が判定し、判詞《はんし》を述べた俳諧集である。その中に収められた宗房の句が、9番の句である。「甚べが羽織」は、戦国時代の武士が出陣の際に着用した袖なしの「陣羽織《じんばおり》」に由来し、下級武士が羽織るものは「陣兵羽織《じんべいばおり》」と呼ばれて、木綿で作られていたようである。その後は庶民の間でも着られるようになって「甚平《じんべ》」と称される。「花ごろも」は花見で着る晴れ着などの衣装で、甚平を羽織って花見に行こうと詠んでいる。４番の初瀬の花見の句とは対照的なイメージの句で、芭蕉翁の想像力が如何《いかん》なく発揮《はっき》されている。

１０番、「雲とへだつ　友《とも》かや雁《かり》の　いきわかれ」

この句の詞書には「かくて蟬吟《せんぎん》早世の後、寛文《かんぶん》十二子《ね》の春二十九歳任官を辞して甚七《じんしち》ト改メ、東武に赴《おもむ》く時、友だちの許《もと》へ留別《りゅうべつ》」とある。江戸時代中期に伊賀上野の俳人・川口竹人《ちくじん》（１６９３—１７６４年）によって書かれた『芭蕉翁全伝』に記載された句である。寛文《かんぶん》一二年（１６７２年）の春、江戸に出立する際、友かや（友達）に宛てて詠んだ句で、「仮《かり》」の世の中と鳥の「雁《かり》」を掛けている。伊賀上野から江戸までは約５００㎞と遠く離れていて、それなのに「雲へだつ」とあっさりとした空間に捉《とら》えている。「いきわかれ」は今生《こんじょう》の別れを意味し、再び会えぬかも知れない長旅の困難さや無常迅速《むじょうじんそく》を物語る。

芭蕉翁は一九歳で藤堂家の蟬吟《せんぎん》に仕えながら俳諧を学んだとされるが、少年時代から俳諧に親しんでいたと考える。当時の俳諧は若者たちのブームとなっていて、『貝おほひ』に登場する面々はその仲間たちである。歳の離れた兄の半左衛門《はんざえもん》は、俳諧に興味がなかったようで、兄の世代は俳諧を嗜《たしな》んでいなかった様子に見える。詞書に二九歳の任官を辞したとあるが、俳諧師として身を立て、花の江戸で一花《ひとはな》咲かせたいと思う夢があったようだ。「甚七《じんしち》卜改メ」は、「甚七郎」が縮められたものと思われる。「東武《とうぶ》」は江戸が武州《ぶしゅう》の東にあったことから呼ばれた江戸の別名で、現在でも鉄道会社の社名に使用されている。句を贈った相手は、藤堂家の陪臣で俳諧仲間の城孫大夫《しろまごたゆう》(生没年不詳)であるとされる。「留別《りゅうべつ》」は旅立つ人が、あとに残る人に別れを告げることとされる。江戸への道中は、江戸日本橋の名主で魚問屋の小沢卜尺《ぼくせき》(1650—1695年)、伊勢久居藩《いせひさいはん》藤堂家の家臣の向井卜宅《ぼくたく》(1654—1745年)が同行している。いずれも京の李吟門《りぎんもん》の俳人で、芭蕉翁の後輩であった。江戸では卜尺の世話で日本橋小田原町の「鮒屋《ふなや》」に間借りしたとされ、伊賀上野から至れり尽せしりの新たな門出となっている。

(3)

江戸日本橋《にほんばし》時代

江戸に出て来て定住するものの、その頃の様子は暫《しばら》く不明である。延宝《えんぽう》二年（1674年）三月に、京の北村季吟《きぎん》から連歌俳諧の秘伝書である『埋木《うもれぎ》』の伝授を受けている。書簡による伝授と推察するが、俳諧の第一人者から与えられた「免許皆伝《めんきょかいでん》」のようなもので、俳諧師として認可《にんか》されたことになる。芭蕉翁が三二歳の時で、故郷の伊賀上野を発《た》って三年が過ぎていた。俳諧師で生活するには、俳諧の宗匠《そうしょう》となって弟子を集め指導し、その月謝《げっしゃ》や句会の点料《てんりょう》に依存するのが一般的であった。

延宝《えんぽう》三年（1675年）の出来事としては、京から西山宗因《そういん》（1605―1682年）が五月に江戸に下向し、深川大徳院《だいとくいん》において「法の水」の百韻《ひゃくいん》が開催された。宗因は北村季吟の「貞門派」と人気を二分《にぶん》する「談林《だんりん》派」の祖で、七〇歳の高齢となっていた。芭蕉翁もこの興行に参加し、「宗房《そうぼう》」の俳号を改め、「桃青《とうせい》」と号している。この時の宗因との出会いから芭蕉翁は、全国的に隆盛を極めた談林調《だんりんちょう》とも称された斬新《ざんしん》な俳諧に傾倒することになる。三二歳となった芭蕉翁、俳諧師として自立するために新風にも精進する姿が見えるようだ。宗因の弟子には、有名な井原西鶴《さいかく》（1642―1693年）が大阪にいた。芭蕉翁より二歳年長であったが、「万句《まんく》俳諧」の興行を行うなど俳諧師として既に人気を博《はく》していた。

11番、「天秤《てんびん》や　京江戸かけて　千代《ちよ》の春」

この句は延宝《えんぽう》四年(1676年)の作で、江戸時代前期に神田蝶々子《ちょうちょうし》(生没年不詳)が編集した『俳諧当世男《いまようおとこ》』に収められている。京は若い頃から俳諧を学び、禅や書も学んだ古都である。江戸は八百八町《はっぴゃくやちょう》の新興都市で、その新旧の都を比較した句である。「天秤《てんびん》」は重さを計《はか》る道具であるが、「天秤にかける」と言う言葉のように、二つのものを比較する場合にも用いられる。

「千代の春」には、千年の都である京の春で、江戸の春と京都の春を比べて、京に軍配《ぐんばい》を上げたようである。その後《ご》の芭蕉翁は、江戸っ子の人情味《にんじょうみ》に触れると、京は京、江戸は江戸と天秤にかける野暮《やぼ》な句は詠んでいない。

12番、「此《この》梅に　牛も初音《はつね》と　啼《なき》つべし」

芭蕉翁が江戸に出て来て、最も気脈《きみゃく》の通じた人物が生涯の友人となる漢学者で俳人の山口素堂《そどう》(1642―1716年)で、二人で「両吟《りょうぎん》二百韻」を興行した。その時の芭蕉翁の発句が12番の句である。梅と言えば鶯(ウグイス)が和歌の伝統的な組み合わせであるが、ここに牛を登場させて天満宮の境内を想起《そうき》させる。これが談林調の発想で、ウグイスの鳴き声を牛像《ぎゅうぞう》の声なき鳴き声に転じている。梅に牛ならば、桜には馬が重なる。馬の肉は「さくら肉」とも称されるので、滑稽《こっけい》なものは数多《あまた》ある。

延宝《えんぽう》四年（１６７６年）六月には伊賀上野に帰郷し、甥の桃印《とういん》（１６６０―１６９３年）を連れて戻っている。この頃には内縁の妻とも、桃印の妻ともされるも寿貞《じゅてい》（？―１６９４年）がいて、二人の世話をするため、この年から四年間、神田上水の工事に従事している。普《ふ》請方《しんかた》役人の松村市兵衛《いちべい》（生没年不詳）の世話によるもので、粗末《そまつ》な作業小屋（関口芭蕉庵）に起居したとされる。

１３番、「門松《かどまつ》や　おもへば一夜《いちや》　三十年」

この句は延宝《えんぽう》五年（１６７７年）に門松と題して詠まれた句で、磐城平《いわきだいら》藩主・内藤風虎《ふうこ》（１６１９―１６８５年）が刊行した『六百番俳諧発句合《ほっくあわせ》』に収められている。江戸で五回目の正月を迎えた芭蕉翁は、門松を眺めながら物心《ものごころ》のついた頃からの三〇年を振り返り、一夜のように過ぎたと吟じた。この頃の芭蕉翁は俳諧の宗匠《そうしょう》として立机《りっき》し、門人も抱え自立を果たすのである。

14番、「色付《いろづ》くや 豆腐に落ちて 薄紅葉《うすもみじ》」

白い豆腐の上に薄らと色づいたモミジが落ちる様子を詠んだ句で、小学生にも意味は理解できる。この句は延宝《えんぽう》六年(1677年)の秋、門人の杉山杉風《さんぷう》(1647—1732年)と「両吟百韻」を興行した時の句である。魚問屋を営む杉風は、在府中の芭蕉翁を終生《しゅうせい》支援した一人で、芭蕉一門では「蕉門十哲《しょうもんじってつ》」、「東国三十三国の俳諧奉行」と称された重《じゅう》鎮《ちん》でもあった。芭蕉翁が日本橋に間借りした家は、杉風の所有とする説もある。

15番、「霜《しも》もふんで ちんば引くまで 送りけり」

『芭蕉俳句集』の延宝《えんぽう》七年(1679年)の六句から選んだ一句で、元禄《げんろく》一二年(1699年)に雪丸《ゆきまる》(生没年不詳)によって刊行された『茶《ちゃ》のそうし』が原典のようである。詞書には「土屋四友子《しゆうし》を送りて、かまくらまでまかるとて」とある。土屋四友(生没年不詳)の「子《し》」は先生などの敬称で、土屋外記《げき》とも称される武士であったようだ。江戸から朝霜を踏んで、鎌倉まで見送った時の句である。「ちんば引く」は、足を引きずり歩くことで、日本橋から鎌倉の戸塚宿《とつかしゅく》までは約43㎞を歩いたようだ。

延宝《えんぽう》九年（1680年）の初夏に『桃青《とうせい》門弟独吟《どくぎん》二十《にじっ》歌仙《かせん》』が杉山杉風ら門人によって興行された。この歌仙には小沢卜尺、向井卜宅を含めた二一人が名を連《つら》ねている。しかし、この歌仙への入集が最後とされる俳人もいて、蕉門《しょうもん》の門弟も推移して行く。

16番、「枯枝に 烏《からす》のとまりたる 秋の暮」

この句は俳諧師・池西言水《ごんすい》（1650―1722年）が延宝《えんぽう》九年（1681年）に刊行した『東日記《あずま》』にある。芭蕉翁と共に「江戸六宗匠」の一人とされた。初案と次案の句が残されていて、この頃から推敲（すいこう）を重ねた句が散見される。この句はカラスが枯れ枝に止っている晩秋の句であるが、水墨画の世界のような趣きを感じる。かなりの字余《じあま》りであるが、近代の自由律俳句《じゆうりつはいく》に近く、ありのままの自然を描写している。

(4)

第一次深川芭《ば》蕉《しょう》庵《あん》時代

小沢卜尺との縁で日本橋に住み八年が過ぎ、俳諧生活も順調に思われた矢先《やさき》、芭蕉翁は日本橋から深川に隠棲《いんせい》する決意をする。数年前から剃髪《ていはつ》していて、隠者《いんじゃ》の暮らしに憧れていたようである。深川での最初の草庵は、杉山杉風の生簀《いけす》の番屋で、尊敬する詩人・杜甫《とほ》（712―770年）の詩に因み「泊船堂《はくせんどう》」と称した。墨田川と小名木川《おなぎがわ》が合流する地点で、船の往来や停泊もあった。

17番、「しばの戸に　茶をこの葉かく　あらし哉《かな》」

草庵に入った直後の句で、「柴《しば》の戸」は侘しい生活を意味する形容詞で、江戸の中心地であった日本橋の暮らしと対比させている。「茶を木《こ》の葉かく嵐《あらし》」は、茶を飲むために沸かす焚きつけの木端《こっぱ》や木の葉を強い嵐のような風が運んでくれると、風の恵みに目を向けている。この句は三河田原《たばら》藩士・平山梅人《ばいじん》（1744―1801年）が寛政《かんせい》三年（1791年）に編集した『続深川集』に収められている。詞書には「ここのとせの春秋、市中に住侘《すみわび》て、居《きょ》を深川のほとりに移す。長安は古来名利《めいり》の地、空手《くうしゅ》にして金《こがね》なきものは行路難《かた》しと云《いひ》けむ人のかしこく覚《おぼ》へ侍《はべ》るは、この身のとぼしき故《ゆえ》にや」と記されていた。芭蕉翁の転居と唐代《とうだい》の詩人・白居易《はくきょい》（772―846年）の詩をイメージにダブらせているが、ちぐはぐな詞書となっているのは否めない。

深川の泊船堂の近くの臨川庵《りんせんあん》には、江戸時代前期の名僧・仏頂《ぶっちょう》河南《かなん》（1642―1715年）和尚が滞在していて、芭蕉翁は時折り参禅して臨済禅を学んでいる。和尚も俳諧を嗜み、その交流は和尚が常陸《ひたち》鹿島の根本寺《こんぽんじ》に戻った後も続いた。天和《てんな》元年（1681年）には、門人の李下《りか》（?―1703年）から芭蕉（バショウ）一株が贈られるて、次ぎの句を詠んでいる。

18番、「ばせを植て　まずにくむ萩の　二《ふた》ば哉」

庭にバショウを植えてみると、根元から萩の葉が芽吹いて憎らしく思うと詠んでいる。萩はどこにでも咲く生命力の旺盛《おうせい》な多年草で、芭蕉翁も句の題材にしている。しかし、この日ばかりはバショウに情愛を注いでいる。その後は「桃青《とうせい》」のから「ばせを」を俳号《はいごう》とすることになる。バショウの花は美しくもないが、果物のバナナのような実が気に入ったのであろう。

１９番、「芭蕉　野《の》分《わ》けして　盥《たらい》に雨を　聞《きく》夜《よ》哉《かな》」

この句は談林派俳人・大原千春《ちはる》（？—１７１０年）が天和《てんな》二年（１６８２年）に刊行した『武蔵曲《むさしぶり》』に収められている。句の冒頭に「芭蕉」の俳号を付け、芭蕉の名を広めようとした意図《いと》が感じられる。詞書には「茅舎《ぼうしゃ》の感」とあって茅葺き屋根の粗末な家で詠んだ句である。「野分け」は秋の台風で、雨漏りをタライに受け、その音を聴く侘《わび》しい暮らしぶりを吐露《とろ》している。

２０番、「花にうき世　我《わが》酒白く　食《めし》黒し」

天和《てんな》二年（１６８２年）の作で、花に浮かれる人々と憂《う》き世が掛詞となっている。花見をする世間とは対照的に、私は白い濁り酒を飲み、黒っぽい玄米を食べている。詞書には白居易《はくきょい》の漢詩が添えられて、「心の憂《うれ》う時に酒の尊さを知り、貧乏をして銭の有り難さを覚える」とある。この句は高弟の宝井其角《きかく》（１６６１—１７０７年）が刊行した俳諧選集『虚栗《みなしぐり》』に入っている。

天和《てんな》二年（１６８２年）一二月に起きた江戸の大火で芭蕉庵と呼ばれるようになった草庵

も類焼する。命からがら難を逃れた芭蕉翁は、甲斐谷村藩《かいたにむらはん》国家老・高山麋榯《びじ》(1649ー1718年)の世話で、翌年の五月まで甲州の谷村に逗留《とうりゅう》している。

21番、「馬ぼくぼく　我をえに見る　夏野《なつの》哉」

天和《てんな》三年(1683年)に甲斐で吟行中《ぎんこうちゅう》に詠んだとされ、何度か推敲が重ねられて、近江の俳人・窪田松琵《しょうひ》(1672ー1750年)が享保《きょうほう》九年(1724年)に『水の友』に収め刊行された。真蹟の短冊《たんざく》では「絵にみん」となっているが、推敲した「えに見る」の方がリアルな情況が伝わる。この句の前には画賛《がさん》があって「笠を着《つ》け馬に乗る坊主はどこの国から来て、何を貪《むさぼ》り歩いているのか。この坊主が云うには、自分の姿を写生して欲しいと、そうすれば三界流浪《さんかいるろう》の世界に尻ごと落ちる過ちもない。」と書かれている。夏の暑さでぐったりした様子で歩く馬、その馬上の坊主は私のように危《あぶ》なかしく見える。江戸での大火を経験したことを踏まえての句で、芭蕉翁が身を持って学んだ無常《むじょう》の世界観の一つと言える。

　この年の九月頃には、山口素堂が勧進元《かんじんもと》となって門人知友五二名から寄付が集められ、芭蕉庵の再建が開始される。新たな芭蕉庵は、深川元番所の森田惣左衛門《そうざえもん》(生没年不詳)屋敷とされ、その年の冬には完成して入居している。焼失した旧芭蕉庵（泊船堂）の跡は不明であるが、新築された芭蕉庵の跡地は現在、「芭蕉稲荷《いなり》神社」として保存されている。元《げん》禄《ろく》二年（１６８９年）に『おくのほそ道』の旅に出る折、芭蕉庵は売却されているが、六年間に及ぶ蕉門の拠点《きょてん》となったのである。

２２番、「あられきくや　この身はもとの　ふる柏《がしわ》」

平山梅人《ばいじん》の『続深川集』に入集した句で、詞書には「ふたたび芭蕉庵を造りいとなみて」とある。初冬に降る霰《あられ》と、枯れて古くなった柏の葉を暗に掛けている。草庵は新しくなったものの、枝に付いたまま落ちない枯葉《かれは》は、深川に住み続ける自分自身を見ている。新しい草庵は、ひと時の仮《かり》の宿《やど》りで、風雨から身を守るため必要最小限の広さがあれば良いと思っていた。しかし、門弟の集まる集会所も兼ねいたので、茶室《ちゃしつ》のような四畳半一間のような狭さではなかったと推定する。

２３番、「春立《たつ》や　新年ふるき　米五升《こめごしょう》」

貞享《じょうきょう》元年（１６８４年）の立春の句で、新年になって古米ではあるが米が五升もあると、自慢げな句である。初案の上五《かみご》は「我富《とめ》り」で、五升の米は瓢《ひさご》の米櫃《こめびつ》にあった。山口素堂が「四山《しざん》の瓢」と名付けたと聞く。この句は伊賀蕉門の重鎮・服部土芳《どほう》(1657—1730年)が著した『三冊子《さんぞうし》』に収められ、蕉風復古を唱えた高桑蘭更《らんこう》(1726—1798年)によって刊行された。

昨年の六月には伊賀上野の母が亡くなり、伊賀上野藩では、藩外《はんがい》で働く場合は五年に一度は帰郷し、近況を名主《なぬし》などに報告する義務があった。しかし、芭蕉翁に関しては伊賀蕉門の活動もあって、猶予《ゆうよ》期間があったと考えられる。母の墓参《ぼさん》も兼ねて伊賀上野に出立したのは、延宝《えんぽう》四年(1676年)の帰郷以来八年ぶりの貞享《じょうきょう》元年(1684年)八月のことであった。その帰郷に際して奈良まで同伴したのは、当時は浅草に住んでいた門弟の苗村千里《ちり》(1648—1716年)であった。その道中は『甲子吟行《かっし》』として芭蕉翁が自ら執筆し、門人で大垣藩士の中川濁子《じょくし》(生没年不詳)が清書している。東海道を上って故郷の伊賀上野に至り、遍歴《へんれき》の後、伊賀上野で越冬し、中山道《なかせんどう》を経て江戸に帰っている。約九ヶ月間、2,000㎞に及ぶ旅で、後《のち》に『野ざらし紀行』として刊行され、『笈《おい》の小文《こぶみ》』、『更科《さらしな》紀行』、『おくのほそ道』と合わせ、「四大紀行文」と私は評価し、芭蕉翁の哲学書とも思っている。

(5)

野《の》ざらし紀行

24番、「野《の》ざらしを　心に風の　しむ身哉《かな》」

芭蕉翁の詞書には「貞享甲子《じょうきょうきのえ》秋八月江上《こうじょう》の破屋《はおく》をいづる程、風の声そぞろ寒げ也」とある。「野《の》ざらし」は行き倒れとなった旅人のロクロで、明日は我が身と思って詠んでいる。風化《ふうか》されたロクロを見た芭蕉翁は、秋風のはかなさ知った様子である。詞書の「江上の破屋」は、『おくのほそ道』の冒頭文《ぼうとうぶん》にも述べられていて、自分の住む草庵をさしているのは明《あき》らかである。

25番、「秋十《と》とせ　却《かへっ》て江戸を　指古郷《さすこきょう》」

芭蕉翁が江戸に来て一二年が過ぎ、「秋十とせ」と大雑把《おおざっぱ》に数えている。東海道を歩き、故郷の伊賀上野に向っているのに、江戸の方が故郷と思えるほど馴染んでしまった。そんな心境《しんきょう》を詠んだ句で、毎日顔を合わせた面々が、脳裏に浮かんだようだ。

箱根の関を越えると、富士山が見えるのであるが、この日はあいにくの富士山は雨で見えなかったようで、これも面白《おもしろ》きと詠み、富士川《ふじがわ》を渡る。ここで川に捨てられて泣く三歳ぐらいの子供の姿を目にする。近くでは人間とは対照的に子を亡くした猿が鳴いている。

芭蕉翁は捨て子を助けてやりたいと思いながらも心の葛藤《かっとう》をして、天命《てんめい》なので諦めなさいと通り過ぎる。

26番、「道のべの 木槿《むくげ》は馬に くはれけり」

雨の大井川を馬越しで渡ると、道の辺に咲くムクゲの花を目にした。すると鑑賞に浸《ひた》る間もなく、馬に食べられてしまう。馬がムクゲを食べる様子を見た人は少ないと思うが、詞書に「馬上吟《ばじょうぎん》」とあるので、実際に芭蕉翁は目にしたのであろう。

歌枕で有名な「小夜《さよ》の中山」の峠を越え、伊勢に入ると伊勢神宮の「外宮《げぐう》」を詣でている。伊勢では芭蕉翁が尊敬する西行《さいぎょう》法師（1118―1190年）の旧跡である「西行谷《さいぎょうだに》」を訪ね、その年の九月八日に故郷の伊賀上野に到着した。

27番、「手にとらば 消《きえ》んなみだぞあつき 秋の霜」

この句の前には長文の詞書があって割愛《かつあい》するが要約すると、「九月の初めに故郷に帰ると、中国では母が住むとされる北堂《ほくどう》の家が朽ちるように母の面影も消えた。何ごとも昔と変わり、姉妹の髪は白くなって眉には皺《しわ》がよっている。兄が守り袋から母の遺髪《いはつ》を拝むようにと差し出した。浦島太郎が玉手箱《たまてばこ》を開けると白髪になったように、自分も眉が白くなって老いている。しばらくは涙を出して泣いた。」と述べて、「遺髪を手にして熱《あつ》い涙を流していると、秋の霜が消えるように遺髪も消えるのだろうか」と詠んでいる。中七《なかしち》が相当な字余りとなっているが、芭蕉翁の母に対する情愛の深さが長さとなったと感じられる。

28番、「わた弓や　琵琶《びわ》になぐさむ　竹のおく」

詞書には「大和《やまと》の国に行脚して、葛下《かつげ》の郡《こおり》竹の内と云《いふ》処は彼《かの》ちりが旧里なれば、日ごろとどまりて休む」とある。奈良の当麻寺《たいまでら》を詣で、同行していた千里の故郷が北葛城郡《きたかつらぎぐん》の竹の内であった。その千里の実家に泊って詠んだ句である。「綿弓」は綿糸を紡《つむ》ぐ前に綿を打つ道具で、その打つ音は琵琶の音色《ねいろ》のように聞こえ慰められると詠じている。少し誇張した句であるが、千里の実家で世話になったことに感謝を述べた句で、芭蕉翁らしい独自《どくじ》の配慮が感じられる。

竹の内からは千里と別れ、単独で吉野山へ赴き、後醍醐帝の御廟《ごびょう》を拝み、西行法師の草庵跡を訪ねている。

29番、「露とくとく 心《こころ》みに浮世《うきよ》 すすがばや」

この句の詞書も長いので要約すると、「西行上人の草庵跡は、奥ノ院（現在の金峯《きんぷ》神社）から右に二町ばかり分け入いる。柴取《しばと》る人の通う小道の険しい谷を下った先にあった。とくとくの清水（苔清水《こけしみず》）は昔と変わらないで雫が落ちている。」と述べている。詞書に続く句は、露がとけて滴《したた》り落ちるとくとくの清水、西行法師もこの水で身を清め日々暮らしたのだろう。試《こころ》みに私も浮世の垢《あか》をすすぎたいものだと詠んだ。西行法師は芭蕉翁にとっては、心の師でもあり、伊勢の西行谷に続き師の草庵跡を慕った。

吉野山から芭蕉翁は、山城《やましろ》（京都府）を経て近江路に入り、美濃《みの》（岐阜県）に入ったと文中に記されている。

30番、「秋風や 藪《やぶ》も畠も 不破《ふわ》の関」

美濃の国の入口にある「不破の関」は古代の「日本三関《さんかん》」の一つで、平安時代初期に廃止されている。その後は数々の和歌にも詠まれる歌枕《うたまくら》の地となった。その関所跡は今、秋風の中で荒れ果て、藪や畠となっていると詠じた。不破の関跡近くの関ヶ原では、慶《けい》長《ちょう》五年(1600年)秋に歴史的な「関ヶ原の戦い」があった。その歴史に全く触れないで芭蕉翁は、大垣へと向かっている。戦後から約八〇年を経ただけなので、私たち世代と同様に太平洋戦争にあまり触《ふ》れたくないイメージと重なる。

31番、「しにもせぬ　旅寝の果《はて》よ　秋の暮」

この句の詞書には「大垣に泊りける夜は木因《もくいん》が家をあるじとす。武蔵野《むさしの》を出《いづ》る時、野ざらしを心におもひて旅立《たびだち》ければ」とある。谷木因(1645―1725年)は、芭蕉翁と同じ貞門派の門人で、大垣で回船問屋《かいせんどんや》を営む豪商であった。その木因邸に泊った時の感慨《かんがい》の句で、「死ぬこともなく旅寝を重ねて来たが、もう季節は春から秋の暮れとなっている。」と詠じた。詞書にある「武蔵野」は、一般的に使用された名称ではなく、当時は「武州《ぶしゅう》」と呼ばれていたので、「野」の字に対する愛着が感じられる。

32番、「しのぶさへ　枯《かれ》て餅かふ　やどり哉《かな》」

この句の詞書には「熱田《あつた》に詣《もうで》」に続き、長文が記されているので要約すると、「社殿は大きく壊れ、信長塀《のぶながべい》は草叢《くさむら》にかくれている。随所に注連縄《しめなわ》を張って石を置き小社《しょうしゃ》の跡を記している。自然のままにヨモギやシノブが生い茂り、愛《め》でたい境内の様子に見えて、今の熱田神宮が心に残る。」と述べ、「枯れたシノブを見ながら昔の社殿を偲《しの》び、茶屋で餅など食べて慰めとする。」と詠嘆《えいたん》したのである。この頃、熱田神宮のある名古屋には、二ヶ月ほど滞在して、多くの門弟が入門している。

33番、「狂句《きょうく》　こがらしの　身は竹斎《ちくさい》に　似たる哉」

名古屋で催された句会の発句で、医師の山本荷兮《かけい》（1648—1716年）が貞享《じょうきょう》元年（1684年）に刊行した『冬の日』にも収録された。詞書を要約すると、「笠は長旅に疲れ、紙子《かみこ》（雨具）も嵐に揉まれボロボロです。侘しい暮らしを尽くした自分が哀れに思われます。その昔、竹斎もこの国に遊んだことをふと思い出しました。」と述べている。「狂句」は現在の「川柳《せんりゅう》」にも通じるもので滑稽《こっけい》な句をさしている。竹斎は江戸時代初期の仮名《かな》草子《ぞうし》「竹斎」の主人公で、藪《やぶ》医者で頓智《とんち》で笑わせ病《やまい》を治し、狂歌《きょうか》で名声を博したとされる。木枯らしの中を行く自分の心境《しんきょう》は、竹斎と変わらないと詠んでいる。

34番、「馬をさへ　ながむる雪の　朝《あし》哉《た》」

名古屋での芭蕉翁は、東海道四十一次《つぎ》の宿場町であった宮宿《みやしゅく》の旅籠《はたご》に滞在した。この旅籠屋の主人・林桐葉《とうよう》（1652―1721年）は、新たに門人となった一人でもある。宮宿は東海道最大の宿場町で、七里《しちり》の渡しもあって往来する人々で賑わっていた。天保《てんぽう》一四年（1843年）の資料によると、本陣《ほんじん》二軒、脇《わき》本陣一軒、旅籠屋二四八軒、戸数二、九二四軒、人口一〇、三二一人とされるが、この頃には熱田神宮も再建されて門前町《もんぜんまち》としても栄えたようだ。芭蕉翁が滞在した頃は宿場の規模が小さかったと推察するが、雪の降る朝方、馬を止めて眺める旅人もいて、駄馬《だば》までも雪を見ているようだと詠んでいる。

35番、「水とりや　氷の僧の　沓《くつ》の音」

名古屋から再び伊賀上野に戻った芭蕉翁は、貞享《じょうきょう》二年（1685年）の新年を迎え、奈良や京を訪ねている。この句の詞書には「二月堂《にがつどう》に籠《こも》りて」とあって、奈良東大寺の二月堂で行われる「お水取《みずと》り」の年中行事に際して詠んだ句である。「氷の僧」は凍《こお》りつくような寒さの中で、法会《ほうえ》を行う僧の姿には籠《こも》りの意味合いもある。「沓の音」は、儀礼に際して僧侶が履く革製の靴（サンダル）で、堂内の廊下を歩く音が響くのであった。廊下には夥しい数の松明《たいまつ》が灯されて、奈良を代表する風物詩ともなっている。

３６番、「梅白し　昨日《きのう》ふや鶴を　盗《ぬす》まれし」

奈良から京へ赴いた芭蕉翁は、呉服商で俳人でもあって三井秋風《しゅうふう》(１６４６―１７１７年)の別邸を訪ねている。詞書には「京にのぼりて三井秋風の鳴滝《なるたき》の山家をとふ」とある。鳴滝は洛西の千代《ちよ》の古道に位置し、秋風の庭園で詠んだ句である。白梅《はくばい》には中国の伝記にもある鶴が似合うのに、昨日の内に鶴の置物《おきもの》が盗まれるように飛び立ってしまった。芭蕉翁は梅とウグイスと言う従来からの組み合わせを変え、独自《どくじ》の価値観を鶴の姿になぞらえたのであった。

３７番、「山路《やまじ》来て　なにやらゆかし　すみれ草」

詞書には「大津に出る道、山路をこえて」とあって、京から逢坂山峠《おうさかやまとうげ》を通った際の道中吟である。この峠には、「日本三関《さんかん》」の一つ「逢坂《おうさか》の関」があった場所で、その歴史に芭蕉翁は触れてはいないが、何度となく往来していて、歴史的な価値よりも目の前にある自然に目を向けたようである。スミレは道端《みちばた》のいたる所に咲く紫色の小さな花で、誰もが目にする可憐《かれん》な花である。そのスミレが何となくゆかしいと眺めている。芭蕉翁は数多くの草花の句を詠んでいるが、四二歳の厄年《やくどし》の作では最も印象に残る。大津に滞在した芭蕉翁は、新たな門人とも出会い、第二の故郷のように訪れて、石山に草庵を結び思い出を刻《きざ》むことになる。

38番、「唐崎《からさき》の　松は花より　朧《おぼろ》にて」

唐崎は大津の中心部から北に10㎞ほど離れた場所に位置し、近江八景《おうみはっけい》の「唐崎の夜雨《やう》」で知られ、歌枕としても名高い。詞書には「湖水の眺望」と記され、湖南では浮見堂《うきみどう》と並び琵琶湖を眺める景勝地でもあった。特に唐崎の松は有名で、万葉《まんよう》歌人の柿本人麻呂《かきもとのひとまろ》(660?―724年)も唐崎の松を詠んでいる。江戸時代の松は何代か植え替えられたと思うが、おぼろに見える桜よりもさらに一層《いっそう》おぼろに見えると詠じた。おぼろに見える先に、人麻呂の和歌を思い出したことは想像に難くない。

39番、「命《いのち》二つの　中に生《いき》たる　桜哉」

大津で蕉風の種を蒔《ま》いた芭蕉翁は、甲賀の里にある水口《みなぐち》を訪ねている。詞書には「水口で二〇年を経て、故人に逢ふ」と書かれいる。ここでの「故人《こじん》」は亡くなった人ではなく、「故《ゆえ》ある人」で知人や友人をさしている。同郷の知人で弟子の服部土芳《どほう》（1657―1730年）のことで、土芳は半左衛門《はんざえもん》という藤堂家の家臣でもあった。芭蕉翁よりは一回りも歳が離れたていたが、最も信頼する弟子の一人で、再会から数年後には武士を捨てて俳諧師に専念し、伊賀蕉門の重鎮《じゅうちん》となっている。二〇年ぶりの再会は、二つの命《いのち》があればこその再会で、桜の花もそれを祝ってくれるように咲いていると詠じた。

40番、「しらげしに　はねもぐ蝶の　形見《かたみ》哉」

江戸への帰路、熱田に再び立ち寄った芭蕉翁は、門人との別れを惜しんでいる。特に米商人を営む坪井杜国《とこく》（1656―1690年）は、最愛の弟子の一人とされ、杜国に贈った句には並々ならぬ情愛が感じられる。「しらげし」は白い芥子《けし》の花で、その花びらが散るのを惜しむように蝶々が羽根をもぎ落した。しらげしは杜国、蝶々は自分に例《たと》えた句で、芭蕉翁の感性の豊かさが光る。芭蕉翁は幼い頃から自然観察が好きだったようで、発想の原点は飽《あ》くなき好奇心《こうきしん》と言える。

熱田から東海道を下って江戸に戻る途中、甲斐の谷村に立ち寄って、世話になった高山麋榭《びじ》を尋ねている。そして、貞享《じょうきょう》二年（1685年）の卯月《うづき》（四月）に江戸に帰着する。次ぎの41番の句は、『野ざらし紀行』の結びとして深川芭蕉庵で詠んだ句である。夏の衣服にはノミが付いたままで、旅を終えた虚脱感《きょだつかん》に苛《さいな》まれて洗濯をする気にもなれないと詠じた。

41番、「夏衣《なつごろも》 いまだ虱《しらみ》を とりつくさず」

野ざらし紀行には四五句が収められていたが、その中から一八句を選ぶのは随分と苦慮《くりょ》した。芭蕉翁の句には、軽薄《けいはく》に見える句から哲学的な句まで作風の幅が広すぎて、凡人《ぼんじん》の私には正確な真意を探ることはできないが、芭蕉翁のみが知る美意識の世界である。

(6)

第二次深川芭蕉庵《ばしょうあん》時代

42番、「古池や　蛙飛《かわづとび》こむ　水のをと」

貞享《じょうきょう》三年（1686年）に詠まれた句で、推敲を重ねて芭蕉七部集の一つ、『冬の日』に収録された。芭蕉翁の名を全国的にとどろかせた名句中の名句である。「古池」には、屋敷跡などの朽《く》ちようとする庭園の小さな池のイメージがある。その池は、晴れた日の池ではなく、曇天《どんてん》の日が相応《ふさわ》しい。池に蛙《かえる》が飛び込むと、ポチャンと響く音と、水面に波《は》紋《もん》を残す。水墨画のような情景《じょうけい》を五七五《ごしちご》の一七文字に凝縮した自然描写の句である。この一句で、当代一の俳諧の宗匠と認《みと》められ、蕉門の門弟が増大する。

43番、「名月《めいげつ》や　池をめぐりて　夜もすがら」

花を愛し、月を愛《め》でることは風流に身を置く文人の常で、芭蕉翁はその思い入れが人一倍強かった。この句は、古池の小さな池と異なり、隅田川に舟を浮かべて月見の会が開《かい》催《さい》された時の吟である。様々な俳諧集に記載されているが、『芭蕉俳句集』では、医師で近江蕉門の江左尚白《えさしょうはく》（1650―1722年）が貞享《じょうきょう》四年（1687年）に刊行した『孤《こ》松《しょう》』から録っている。名月が古池をめぐり消える頃には、夜が明けてしまっていた様子を詠んだ句で、月を詠んだ数多《あまた》の句の代表作と言える。

44番、「酒のめば　いとど寝《ね》られぬ　夜の雪」

詞書には「深川雪夜《せつや》」とあって貞享《じょうきょう》三年(1686年)に芭蕉庵で詠まれた句で、門人の斎部路通《いんべろつう》(1649―1678年)が元禄《げんろく》六年(1693年)に刊行した『俳諧勧進牒《かんじんちょう》』にある。路通は芭蕉翁に近侍《きんじ》した一人であるが、蕉門では厄介者《やっかいもの》扱いされる浮浪者の一面もあった。芭蕉翁は大の酒好きであったが、酒を題材した秀句《しゅうく》が少なく、この句が代表作とも言える。雪の降る夜、寝酒《ねざけ》を飲んで寝ようとすると、様々な妄念《もうねん》が浮かんでなかなか眠れなくなってしまったと、何気《なにげ》ない日常を詠じた。

45番、「花の雲　鐘は上野か　浅草歟《か》」

貞享《じょうきょう》四年(1687年)の句で、宝井其角《きかく》が『虚栗《みなしぐり》』に続き、『続虚栗《ぞくみなしぐり》』を刊行した中に収められている。この句も「古池」の句に並ぶ名句と思っている。隅田川の北方向に雲のように棚引《たなび》く桜の花を眺めたのか、草庵の中で鐘の音《ね》だけ聴いたのかは定かではない。微かに聞こえる鐘の音は、上野の寛永寺《かんえいじ》か、浅草の浅草寺《せんそうじ》なのかと思いを馳《は》せている。隅田川堤《つつみ》、上野の清水観音堂《きよみずかんのんどう》、浅草の花屋敷《はなやしき》は江戸の行楽地で桜の名所でもあった。その名所の二ヶ所を句に取り込み、隅田川堤から眺めたことを想起させる。絵画では鐘の音は聞こえないけれど、この句からはゴーン、ゴーンとゆったりとした鐘の響《ひび》きが聞こえるようである。

46番、「寺にねて　誠《まこと》がほなる　月見哉」

貞享《じょうきょう》四年（1687年）八月一四日（陰暦）、芭蕉翁は門弟の河合曾良《そら》（1649―1710年）と黄檗僧《おうばく》の宗波《そうは》（生年没不詳）を伴い、十一泊十二日の「鹿島紀行」の旅に出ている。鹿島の月を眺めることと、根本寺《こんぽんじ》の仏頂和尚を尋ねることが目的であった。その折、寺に泊って月見をした時の吟で、普段とは違う厳粛《げんしゅく》な空気が漂う寺で、真剣な顔をして月を拝んだと詠じたのである。この句は『続虚栗』に収められているが、芭蕉翁の真筆で記された『鹿島詣《かしまもうで》』が常陸潮来《いたこ》の旧家から発見されている。

47番、「蓑虫《みのむし》の　音《ね》を聞に来よ　草の庵」

ミノムシはミノガ科に属する蛾《が》の幼虫で、巣の形が茶色い雨具の蓑《みの》に似ていることで名付けられたようである。実際にミノムシは鳴くことはないとされ、清少納言《せいしょうなごん》(908?—1029?年)の『枕草子《まくらのそうし》』に「ちちよ、ちちよ」と鳴く表記があって、芭蕉翁はそれを信じていたようである。詞書には「聴閑《ちょうかん》」とあって、ミノムシの音《ね》を聴きながら秋の閑寂な気分に共に浸りましょうと門人を誘った句である。自信作であったようで、句を贈られた伊賀蕉門の服部土芳《どほう》は、草庵の名を「蓑虫庵《みのむしあん》」に改めている。最近では目にすることが少なくなった幼虫であるが、そんなミノムシにも目を向ける芭蕉翁には驚嘆《きょうたん》するばかりである。

48番、「起《おき》あがる 菊ほのかなり 水のあと」

詞書には「草庵雨《そうあんのあめ》」とあって、雨で冠水《かんすい》した後《あと》の芭蕉庵が「水のあと」と推察する。その時に倒れた菊の茎《くき》がゆっくりと元の姿に戻る様子を詠んだ句である。菊は皇室の紋《もん》章《しょう》でもあり、観賞用植物では最も日本人に親しみのある花である。一見、ひ弱に見られる花ではあるが、冠水から起き上がる逞《たくま》しさを芭蕉翁は見ていた。この句は貞享《じょうきょう》四年(1687年)秋の句で、「蓑虫」の句と同様に『続虚栗《ぞくみなしぐり》』に収められている。他にも菊の句が『続虚栗』にあって、菊を題材にした名句が多い。

貞享《じょうきょう》元年(1684年)の『野ざらし紀行』から三年余りが過ぎ、藩命《はんめい》で定められた五年の帰郷を待たずに芭蕉翁は伊賀上野に旅立つことになる。この旅が『笈《おい》の小文《こぶみ》』と称され、貞享《じょうきょう》四年(1687年)一〇月二五日から貞享五年(1688年)四月二三日までの未《み》定稿《ていこう》の紀行文で、宝永《ほうえい》六年(1709年)に近江蕉門の川合《かわい》乙州《おとくに》(1657—1720年)によって編纂された。

芭蕉翁の旅に対する憧れは強まるばかりで、自らを「風羅坊《ふうらぼう》」と称し、戦後に流行《はや》った「風来坊《ふうらいぼう》」の語源ともなった。自由気ままに渡り歩く人々を意味するが、芭蕉翁の理念とする風羅坊は、雲水《うんすい》のように托鉢行脚《たくはつあんぎゃ》する「坊さん」である。雲水が被る「網代笠《あじろがさ》」は、数珠と共に絶対的な必需品で、芭蕉翁も旅する時には終生、笠を被って坊さんになりきっていた。

(7)

笈《おい》の小文《こぶみ》

笈の小文の冒頭文には、芭蕉翁の哲学が凝縮されている。全文の記載は省略するが、「百骸九竅《ひゃくがいきゅうきょう》」の四文字熟語から始まる。百骸は人体の骨の数を意味し、九竅は両眼《りょうめ》・両耳《りょうみみ》・両鼻腔《りょうびこう》・両肛門《りょうこうもん》・口《くち》の九つの穴をさしている。その中に人体の細胞を含めた万《ばん》物《ぶつ》があって、五感も含まれると暗に述べている。私は自分の姿を名付けると「風羅坊《ふうらぼう》」で、薄物の着物を着て、風に破れながらも「狂句《きょうく》」を嗜む自分の本質が生涯の夢となった。ある時は自分が嫌になった時もあるが、自分自身を誇らしげに思った時もある。再び仕官し身の安らぎを求めた時もあったが、今は「無能無芸《むのうむげい》」の俳諧師となったと、自分を卑下《ひげ》している。

しかし、次に続く文中には、「西行《さいぎょう》の和歌における、宗祇《そうぎ》の連歌における、雪舟《せっしゅう》が絵における、利休《りきゅう》の茶における、其貫道《そのかんどう》は一《いつ》なり。」と述べている。飯野宗祇（１４２１—１５０２年）を除くと、西行法師は俳聖《はいせい》、雪舟等楊《とうよう》（１４２０—１５０２年）は画聖《がせい》、千利《せんのり》休《きゅう》（１５２２—１５９１年）は茶聖《ちゃせい》と称されるが、自分自身が後世に「俳聖《はいせい》」と呼ばれる芸術家になることは想像していなかったようだ。冒頭文の最後には、風雅《ふうが》を求める芸術家の道は四季《しき》を友とし、月や花を愛でることが大切で、それを知らない人は野蛮人《やばんじん》と言えよう。そんな鳥獣《ちょうじゅう》のような人間を離れ、あるがままの自然に従い、純粋無垢《じゅんすいむく》な古代人《こだいじん》に帰ろうではと結ぶ。

49番、「旅人と 我名《わが》をよばん 初しぐれ」

笈の小文の最初に出でくる句で、江戸を出立した陰暦の一〇月二五日は、現在の晩秋から初冬に当る。「旅人《たびびと》」と自分の名前を呼んで、冷たい初時雨《はつしぐれ》の中を行こうではないかと詠じた。「旅人」の語源は古く、万葉歌人の大伴旅人《おおとものたびと》(665―731年)に遡る。芭蕉翁は『万葉集』に造詣《ぞうけい》が深く、旅人の名前に憧れを抱いていたのであろう。江戸からは門弟で染物師《そめものし》の越智越人《おちえつじん》(1655―1739年頃)が随行《ずいこう》し、ユニークな道中も見られる。長い俳文には、江戸を出る時に餞別《せんべつ》を受けた人々の顔を思い出している。また、古人の記した日記のこと、中国の詩人のこと、日ごろ感じた人生の感慨《かんがい》が述べれている。

50番、「星崎《ほしざき》の 闇を見よとや 啼く千鳥」

詞書には「鳴海《なるみ》にとまりて」とあって、庄屋で造り酒屋の下里知足《しもざとちそく》(1640?―1704年)の邸宅に泊っている。「星崎の夜空には星もなく、しきりにチドリが鳴いているだけである。ゆっくりと闇夜《やみよ》でも眺めなさいと言っているように聞こえ、これも風流《ふうりゅう》な旅の夜なのである」と感じたように思われる。現在の星崎は、名古屋市に地名が残るものの、埋め立てられて海辺から離れてしまった。チドリが浜辺を歩きながら餌を啄《ついば》む様子は、遠い闇の中に消えたようである。

51番、「京までは まだ半空《なかそら》の 雪の雲」

この句も鳴海での吟で、俳文には公家で歌人の飛鳥井雅章《あすかいまさあき》（1611―1697年）が鳴海の宿に泊って、都を遠く離れた心境を詠んだ和歌を記している。その時に芭蕉翁も京の都を想い、道中半ばであるのに中空《ちゅうくう》には雪の雲が漂《ただよ》っていると詠じた。芭蕉翁は、貞享《じょうきょう》四年（1687年）の初冬まで、東海道を上り二回、下り三回を往来しているが、冬の季節は初めてであった。眺める風景も変わり、寒さの中を行く旅人として新鮮な気持ちを抱いたに違《ちが》いない。

52番、「冬の日や 馬上に氷《こお》る 影法師《かげぼうし》」

詞書には「あまつ縄手《なはて》、田の中の細道ありて、海より吹上《ふきあぐ》る風いと寒き所也《なり》」とあって、鳴海から引き返すように渥美半島に向っている。「あまつ縄手」は田原《たばる》街道の地名で「天《あま》津畷《なわて》」と表記される。この地を通った時に詠んだ馬上吟《ばじょうぎん》で、冬の日の寒さで氷った水たまり、そこに映《うつ》る自分の影法師までが凍っているように見えたのである。この句は四度も推敲されて、悩んだ挙句《あげく》と言いたい。芭蕉翁は、この「馬上吟」やトイレで句を詠む「厠上吟《しじょうぎん》」、寝床で句を詠む「枕上吟《ちんじょうぎん》」を得意とし、「芭蕉三吟」とも評される。26番で紹介した句と同様に、馬上吟の秀句でもあり、馬に跨《また》がって通り行く芭蕉翁の姿が見えるようである。

53番、「鷹一つ 見付《つけ》てうれしい いらこ崎」

この句の前には長い俳文があって、伊良子崎《いらこざき》について述べ、万葉集にも詠まれた歌枕の地であることを紹介している。砂州《さす》の先端にある骨山は、南の海の果てで、鷹がはじめに渡る場所であるが、坪井杜国《とくに》の境遇を哀れに思っている。杜国は『野ざらし紀行』の折、芭蕉翁の入門したが、間もなく米取引《こめとりひき》で不正が発覚し、尾張から渥美半島の保美《ほび》に追放されていた。その杜国をわざわざ尋ね再会を果たしている。伊良子崎では元気に空を飛ぶ鷹を見つけて、率直に嬉《うれ》しいと、鷹に杜国を重ねて詠んだのであった。

54番、「いざ行《ゆか》む　雪見にころぶ　所まで」

笈の小文にこの句の俳文や詞書はないが、名古屋の夕道亭《せきどう》で詠んだ句とされる。主人の長谷川夕道（生没年不詳）は、名古屋で風月堂という書店を営んでいた。名古屋の街は雪景色となっていて、雪見酒《ゆきみざけ》を楽しみ、雪の上に転ぶ所まで外に出て遊ぼうと誘った様子が感じられる。この句はその後、詠みなおされて「いざさらば　雪見にころぶ　所迄《まで》」と、上五《かみご》が替えられている。これは別れの様子を詠んだものではなく、雪見の席を立って外に出ることを「いざさらば」と誇張したのである。雪を見た芭蕉翁の心踊《こころおど》る純真な姿が見え、以前に芭蕉庵で曾良《そら》に対し、「君《きみ》火たけよ　よきもの見せむ　雪まるげ」と詠んだ雪だるまの句と共通する遊び心が伝わる。

55番、「歩行《かち》ならば　杖つき坂を　落馬《らくば》哉」

詞書を要略すると、西行法師の和歌にもある桑名を過ぎると、日永《ひなが》の里がある。ここで、馬を借りて「杖突坂《つえつきざか》」を登ろうとすると、馬の荷が崩《くず》れて馬から落ちてしまった。その後《あと》に続く句で、歩いて登ればよいものの、馬で楽して杖突坂を登ろうとして落馬してしまった。句の後には、物憂《ものう》さで季語を入れずに終わったと記している。芭蕉翁にしてはちぐはぐな句であるが、自虐的《じぎゃくてき》な気持ちを込めている。芭蕉翁は四日市《よっかいち》の日永で東海道を離れ、伊賀街道を経《へ》て一二月下旬に伊賀上野に到着している。

56番、「旧里《ふるさと》や　臍《ほぞ》の緒《を》に泣《なく》　としの暮」

伊賀上野の実家で最初に詠んだ句で、先ずは仏壇《ぶつだん》に手を合わせたのであろう。久しぶりに故郷に戻った芭蕉翁は、母の残してくれたへその緒を手にする。年も暮れになって亡くなった母親のことを思うと、つい泣いてしまうと「涙の供養《くよう》」となった。

実家で新年を迎えた芭蕉翁は、藤堂家の家臣で伊賀蕉門の重鎮・小川風麦《ふうばく》（？―1700年）が開催した新春の句会に出席している。『笈の小文』の遍歴の順序には間違《まちが》いがあって、川合乙州《かわいおとくに》が芭蕉翁の遺稿を精査していないのが原因のようだ。句の選定にあたっては、本文と順序を並べ替え、実体《じったい》に即した順番にしている。

57番、「何の木の　花とはしらず　匂《にほひ》哉」

貞享《じょうきょう》五年（1688年）二月初旬、伊勢神宮に参拝しているが、その折に渥美半島から船で駆け付けた杜国と再会している。当時の伊勢神宮は内宮よりも外宮の方が参拝客も多く、伊勢山田が門前町となっていた。この頃は既に、江戸蕉門を本家《ほんけ》として、尾張蕉門、近江蕉門、伊賀蕉門が形成されていて、伊勢蕉門も産声《うぶごえ》を上げていた。この句は西行法師の和歌の「本歌取り《ほんかどり》」とされ、芭蕉翁も知らない花があったのは意外に思われる。この時期に強く甘い香りを放つ花としは、「沈丁花《じんちょうげ》」であろうと想像する。ジンチョウゲは既に室町時代以前に中国から伝わったとされ、ジンチョウゲを詠んだ句がないので、個人的には確信《かくしん》したい。

伊勢山田に二週間ほど滞在した芭蕉翁は、当時あった神宮寺を参拝し、国学者で神官の龍野熙近《ひろちか》(1616―1693年)、俳諧師で神官の足代広氏《あじろひろうじ》(1640―1683年)などの年長者とも交流している。そして、伊勢から杜国を伴い再び伊賀へ戻った。

58番、「様々《さまざま》の 事おもひ出す 桜かな」

父の三十三回忌法要《ほうよう》があっての出戻りであるが、初春には伊賀の国の名刹《めいさつ》・新大仏寺を参拝し、開基した重源上人《ちょうげん》(1121―1206年)を偲んでいる。、俳諧の世界では全国的な有名人となった芭蕉翁は、伊賀上野でも一目《いちもく》おかれる存在となっていた。芭蕉翁が仕えた藤堂蟬吟の遺児で藤堂探丸《たんがん》(?―1710年)からも別邸(下屋敷)での花見に誘われる。その挨拶で詠んだ句で、探丸公の姿に蟬吟公が重なったようで、約二十数年前を思い出すのであった。蟬丸も父と同様に俳諧を嗜《たしな》んでいたが、数句が『阿羅野《あらの》』や『猿蓑《さるみの》』の俳諧集に残されているだけで、生年《せいねん》が不詳とされるほど歴史的には父ほど注目されていない。伊賀蕉門とは、一線を画していた様子が感じられなくもない。

59番、「雲雀《ひばり》より 空にやすらふ 峠哉」

伊賀上野からは、初瀬《はつせ》の長谷寺《はせでら》を詣で、多武峰《とうのみね》の臍峠《ほそとうげ》(細峠)を越えて吉野へ向かっている。普段は頭上高くで囀《さえず》るヒバリであるが、峠で休息《きゅうそく》していると、ヒバリの声が峠の下の方から聞こえる様子を詠んでいる。

峠を越えて、龍門《りゅうもん》ノ滝、西河《にじこう》の激湍《げきたん》、蜻螟《せいめい》ヶ滝の名瀑《めいばく》をめぐり句を詠んでいる。西河で詠んだ「ほろほろと 山吹《やまぶき》ちるか 瀧の音」は名句であるが、ヤマブキが散るのは季節的に少々早く、私の選からは割愛《かつあい》した。

60番、「よし野にて　桜見せふぞ　檜の木笠《ひがさ》」

芭蕉翁は感動しながら眺めた吉野の桜を、「万菊丸《まんぎくまる》」と偽称《いしょう》した杜国に見て欲しいと願ったようである。二人の檜の笠には「乾坤無住同行二人《けんこんむじゅうどうぎょうににん》」と書かれ、句の前書きに記されている。「乾坤」は天と地のまたは太陽と月のことで、「無住」は定住しないことを意味するが、何事にもとらわれない自由な心をさす場合もある。「同行二人」は四国八十八ヶ所霊場でめぐる際、空海《くうかい》大師(774—835年)と共にあることを意味するが、この句では芭蕉翁と杜国をさし、その絆《きずな》の深さが感じられる。

吉野では再び西行法師の草庵跡を訪ね、三月下旬に高野山《こうやさん》に登っている。

61番、「父母の　しきりに恋し　雉子《きじ》の声」

高野山は亡君の藤堂蟬吟公の納骨以来、二二年ぶりの参詣であった。丁度、伊賀上野では父の三十三回忌法要《ほうよう》が執《と》り行われ、その追善を兼ねた参拝となった。甲高《かんだか》く鳴くキジの声は、人と同じように父母を恋しく思う声にも聞こえると詠じた。この句は、行基菩薩《ぎょうきぼさつ》(668—749年)の「山鳥《やまどり》の　ほろほろと鳴く　聲《こえ》聞けば　父かとぞ思ふ　母かとぞ思ふ」

の和歌を踏まえての作ではあるが、山鳥をキジに見立て、「しきりに恋し」の中七《なかしち》には芭蕉翁一流の感性が光る。奥之院参道には、画家で書家の池大雅《いけのたいが》（1723－1776年）の揮毫《きごう》による句碑（供養塚）が安政《あんせい》四年（1775年）に建立されている。

62番、「行《ゆく》春に　わかの浦にて　追付《おひつき》たり」

高野山から歌枕《うたまくら》で有名な和歌の浦を訪ねた芭蕉翁と杜国、去りゆく春に追いついたと言う単純な句であるが、「きみ井寺（紀三井寺）」の俳文が素晴らしく、芭蕉哲学の神髄《しんずい》であると思う。その俳文には、「踵《きびす》はやぶれて西行にひとしく、天龍《てんりゅう》の渡しをおもひ、馬をかる時はいきまきし聖《ひじり》の事心にうかぶ。山野海浜《さんやかいひん》の美景に造化《ぞうか》の功《こう》を見、あるは無《む》依《え》の道者の跡をしたひ、風情《ふぜい》の人の実《まこと》をうかがふ。猶栖《すみか》をさりて器物のねがひなし。空《くう》手《しゅ》なれば途中の愁《うれひ》もなし。寛歩駕《かんぽが》にかへ、晩食肉《ばんしょく》よりも甘《あま》し。とまるべき道にかぎりなく、立つべき朝《あした》に時なし。只一日のねがひ二つのみ。こよひ能宿《よきやど》からん、草鞋《わらじ》のわが足によろしきを求《もとめ》んと斗《ばかり》は、いささかのおもひなり。時々気を転じ、日々に情をあらたむ。もしわづかに風雅ある人に出合《であひ》たる、悦《よろこび》かぎりなし。日比《ひごろ》は古めかしく、かたくななりと悪《にく》み捨《すて》たる程の人も、辺土《へんど》の道づれにかたりあひ、はにふ・むぐらのうちにて見出《みいだ》したるなど、瓦石《がせき》のうちに玉を拾ひ、泥中《でいちゅう》に金《こがね》を得たる心地して、物にも書付《かきつけ》、人にもかたらんとおもふぞ、又是《これ》旅のひとつなりかし。」と認《したた》められている。俳文を詳しく解釈すると、芭蕉翁の人生観や自然観、旅に対する価値観が見えてくる。

足のかかとは痛み西行法師に等しく、その西行法師が天竜川の渡しで武士に鞭《むち》で打たれた逸話を思い出す。法師は出家する前、御所を警護する北面《ほくめん》の武士であったが、武士のプライドを捨て、激情することもなく忍耐強く振る舞ったことを褒《ほ》めている。その逆に同じ高野聖《こうやひじり》の証空《しょうくう》上人(生年没不詳)は、狭い道で女性客を乗せた馬とすれ違った時、上人の乗った馬が堀に落されてしまった。上人は激情して相手の馬方《うまかた》を罵倒する逸話で、吉田兼《けん》好《こう》(1283?—?年)の『徒然草《つれづれぐさ》』の一〇六段にある。

旅の最大の魅力は、山野や海浜の美しい景観に、天地自然《てんちしぜん》の造形を見ることと、物事に執着しない求道者《ぐどうしゃ》の足跡を慕い訪ねること、四季折々を愛する風情に長《た》けた人の姿にふれることに尽きる。また、自分の家を持たなければ、備品など欲しいとは思わないし、手ぶらで旅すると、泥棒《どろぼう》に物を盗まれる心配がない。駕籠《かご》や馬などを使わず、ゆっくりと歩いて旅すると、粗末《そまつ》な夕食でも贅沢《ぜいたく》な魚肉《ぎょにく》よりも美味しいものである。これは山登りと一緒で、同じ握り飯やカップ麺も山で食べるのは別格と言える。

私の旅は、見物したいと思う名所が限りなくあって、そのため明日《あした》の予定も決めてはいない。只《ただ》その日の旅で願いとするのは、良心的な宿に泊まり、履《は》く草鞋《わらじ》が自分の足にマッチしていることで、この二つがささやかな旅の願いである。旅の途上では、時々気分を変えて、毎日が異なることを自覚し、新鮮な目線で捉《とら》えたいものである。少数派であるが、風雅の分かる人と出会った悦びは何度となくある。常日頃は、古風な時代遅れの人、頑固《がんこ》で人の話を聞かない人、そんな人々を憎んで避けて来た。しかし、辺境の地を旅していると、旅を共にする仲間となる。弥生時代の埴生《はにゅう》や住居跡を発見したような、瓦礫《がれき》の中で宝玉《ほうぎょく》を拾って、泥水の中で小判《こばん》を得た有り難さがある。旅で出会った仲間たちを手帖に記し、旅の思い出に知らない人にも語りたいと思う。

芭蕉翁はその後の『おくのほそ道』の旅でも、日光で出会った「仏五左衛門《ほとけのござえもん》」にも同様の気持ちを述べている。芭蕉翁のスタンスは、「士農工商《しのうこうしょう》」の身分制度の中で、俳諧と言う社交界を通じ、上は殿様、下は乞食僧《こじきそう》に至るまで幅広い階級の人々と接したことである。僧侶や公家などと一緒で、士農工商の枠《わく》に入らない身分となって、本当の自由人である旅人を貫くのである。当時の俳諧師は座敷乞食とも揶揄《やゆ》され、句会の点料《てんりょう》やパトロンの援助で成り立っていた。芭蕉翁も弟子や門人の援助に支えられていたが、芭蕉翁を通じて同じ夢を見ることに弟子や門人が投資《とうし》していたとも考えたい。

63番、「一つぬひで　後《うしろ》に負《おひ》ぬ　衣替がへ」

この句は『笈の小文』では、紀三井寺《きみいでら》の俳文の後に続いているが、万菊丸《まんぎくまる》(杜国)の句も載録されていて、吉野を出立した時の様子が詠まれている。この万菊丸の句は、乙州《おとくに》が編《へん》纂《さん》した時に添えたものと考える。明らかに季節の変わり目を詠んだ句で、衣替えは陰暦では四月一日とされ、和歌の浦から奈良に入る途中の吟であろう。『芭蕉俳句集』では、大和の国を行脚《あんぎゃ》した俳文の後に記載され、四度の推敲を重ねている。奈良には四月八日に入っているので、季節としては衣替えに合致《がっち》する。四月八日はお釈迦《しゃか》様の誕生日でもあって、東大寺の界隈《かいわい》で「灌仏会《かんぶつえ》」に因んだ句も詠んでいる。

64番、「若葉して　御《おん》めの雫《しづく》　ぬぐはばや」

奈良の古刹を巡拝した芭蕉翁は、西ノ京の唐招提寺《とうしょうだいじ》を訪ね、「鑑真《がんじん》和尚来朝の時、船中七十余度の難をしのぎたまひ御目《おんめ》のうち塩風吹入《ふきいり》て、終《つひ》に御目盲《めしひ》させ給《たま》ふ尊像を拝して、」と詞書して句が続く。みずみずしい若葉で、苦難を重ねて来られた和尚の雫を拭って差し上げたいと詠んでいる。鑑真和尚(688―763年)は一般的に「鑑真和上《わじょう》」と称され、聖武《しょうむ》天皇(701―756年)の招請《しょうせい》によって、六度目のチャレンジで来日を果たす。齢六六歳となった和上は、「伝戒の師」として、東大寺に五年、唐招提寺を開基して五年、一〇年間奈良に滞在して入寂《にゅうじゃく》している。

65番、「ほとぎす 消行方《きえゆくかた》や 島一つ」

奈良を出てから芭蕉翁と杜国は、大阪に入り一週間ほど滞在し、大阪蕉門の基礎を築くことになる。そして、尼崎から船で兵庫《ひょうご》(現在の神戸)に渡り、須磨《すま》の名所を訪ねている。この句は須磨で詠まれた一句で、淡路島《あわじしま》を初めて眺めた様子を詠んでいる。ホトトギスは一般的に「時鳥《ほととぎす》」と漢字で表記されるカッコウ科の鳥で、夏鳥として九州以北に渡来する。芭蕉翁の作にはホトトギスを詠んだ句が多く、広大《こうだい》な景観の中で消え去るホトトギスの姿を自分自身になぞらえた雰囲気が感じられる。

66番、「蛸壷《たこつぼ》や はかなき夢を 夏の月」

詞書に「明石夜泊《あかしやはく》」と記され、明石沖の船で一夜を過ごした時の吟である。おそらく蛸壷の漁具によるタコ漁を見物したのであろう。夏の月が照る海底では、夜が明けると捕《と》られる身となるタコであるが、はかない夢を見ているのだろうかと、タコの運命に同情《どうじょう》した句である。芭蕉翁は動物を慈しむ気持ちが強く川魚以外は好まなかったようである。

山陽道《さんようどう》の明石は、芭蕉翁が訪ねた本州の西端の地となるが、空海大師や西行法師の旧跡のある四国を訪ねたいと思ったに違いない。明石からは一ノ谷《いちのたに》の古戦場を訪ね、平家《へいけ》の滅亡を哀悼《あいとう》した。布引《ぬのびき》ノ滝、箕面《みのお》ノ滝の滝見をし、勝尾寺《かつおでら》を詣でている。山崎通りでは高槻に立ち寄り、歌僧・能因《のういん》法師(988―?年)の「能因塚《づか》」を拝み、山崎では連歌師・山崎宗鑑《そうかん》(1465?―1554年)の屋敷跡を訪ねて句を捧《ささ》げた。そして、四月二三日に京へ入り、約七ヶ月間に及ぶ『笈の小文』の結びの地としている。京には五月上旬まで滞在し、医師で京蕉門の重鎮となる向井去来《きょらい》(1651―1704年)との交流を深めるのである。

京からは大津に入って六月六日まで滞在し、『笈の小文』の編者・川合乙州や膳所《ぜぜ》藩士の菅沼曲水《すがぬまきょくすい》(1659―1717年)らの門人と再会している。それから尾張名古屋に入れない杜国と別れ、更《さら》なる旅を続ける。

(8)

更科《さらしな》紀行

大津を旅立った芭蕉翁は、翌日に岐阜を訪ねて滞在し、長良川《ながらがわ》の「鵜飼《うかい》」を見物している。『更科紀行』は、美濃《みの》の国を出発点としているが、実際に行脚した地点を重んじ、岐阜や名古屋を含めて捉《とら》えるべきと考える。そこで私の『更科紀行』は、岐阜からのスタートとした。六月上旬から八月上旬までの二ヶ月間、岐阜と名古屋に滞在しているので、空白を避ける意味もある。

67番、「おもしろうて　やがてかなしき　鵜舟《うぶね》哉」

長良川名物で夏の風物詩でもある「鵜飼」を見ての吟で、最初はカワウが鮎《あゆ》などの川魚を口にのみ込んで捕まえる様子を面白く眺めた芭蕉翁であったが、その鵜飼が次第《しだい》に悲しく見えると詠んだ。カワウを飼いならし、本来はカワウが食べる餌を人間が横取《よこど》りして楽しんでいる。飼いならされたカワウは、綱で首を抑えられて空を飛ぶ自由を失っている。そのカワウに同情を示した句で、奈良時代から続く伝統的な漁法《ぎょほう》でも、動物愛護の点を踏まえると悲しく思えたようである。

岐阜には一ヶ月近く滞在し、妙照寺《みょうしょうじ》の己百亭《きはくてい》を主な宿舎とした。岐阜俳諧の重鎮で豪商の安川落梧《らくご》（1652―1691年）が芭蕉翁の世話をしている。稲葉山《いなばやま》（金華山）を題材にした句も何句か詠み、「十八楼ノ記《じゅうはちろうのき》」も書いている。

68番、「此《この》あたり 目に見ゆるものは 皆涼《みなすず》し」

この句は「十八楼ノ記」に収められた句で、長良川《ながらがわ》附近で目にする景観は、全てが気持ちの良い眺めで、涼しく感じられると詠じた。そんな岐阜とも別れる日が来て、名古屋から門人の山本荷兮《かけい》が岐阜まで迎えに来る。名古屋にも一ヶ月ほど滞在し、鳴海の知足亭《ちそくてい》、熱田の桐葉亭《とうようてい》、名古屋の竹葉軒《ちくようけん》などを尋ねている。

69番、「粟稗《あわひえ》に まづしくもなし 草の庵《いお》」

竹葉軒では薬師堂住職の長虹《ちょうこう》(生没年不詳)が主催した句会が開かれた。山本荷兮、越智越人ら六名が参加し、芭蕉翁は初案の挨拶句、「粟稗に とぼしくもあれず 草の庵」を披露《ひろう》する。寺の食事は粗食《そしょく》が原則で、たとえ粟や稗でも貧しくも乏《とぼ》しくもない。食べられることが有り難く、それが草庵の暮らしなのだと、述べている様子が感じられる。岐阜では、アユやナマズなど贅沢《ぜいたく》な川魚を食べた芭蕉翁ではあったが、その場の食事に文句《もんく》を述べる立場ではないと自覚しているのである。

名古屋から芭蕉翁は、山本荷兮の家僕《かぼく》に美濃まで送られて、先行していた越智越人と落ち合う。貞享《じょうきょう》五年八月一一日、本格的な『更科紀行《さらしな》』の始まりで、江戸までは二週間程度の短い帰路の旅となった。

この紀行文は芭蕉翁の真蹟草稿、『さらしな紀行』があって、最も早く世に紹介したのは、江戸の門人・岱水《たいすい》(生没年不詳)である。『きその谿《たに》』として編集され、宝永《ほうえい》元年(1704年)に刊行された。真蹟草稿は推敲された個所があって、岱水本が芭蕉翁の初稿とされる。岱水本は長い序文と四句、姨捨山《おばすてやま》の七句、善光寺《ぜんこうじ》の二句で、真蹟は序文と五句、姨捨山の五句、善光寺の二句と句数に違いがあるようだ。岱水本を読みながら序文を要約《ようやく》して名句を選びたい。

「更科の里では、姨捨山の月を見ることを頻《しき》りに勧められ、秋の風情《ふぜい》に心が誘われて、共に風雲を旅するのは越人と言う。美濃までは荷兮さんの使用人に送られた来た。互いに心配《こころくば》りするも、あまり旅慣れない様子で頼りにならず、しどろもどろで道を前後するが、これも珍道中《ちんどうちゅう》と思えば可笑《おか》しい事が多かった。」と序文に旅の経緯《いきさつ》を述べている。

７０番、「送られつ 別《わかれ》つ果ては 木曽の秋」

美濃まで人に送られて来たが、別れた先には木曽谷の秋が待っていると詠んだ句があるが、俳文の一部を要約する。「何とかと言う所では、六十路《むそじ》ばかりの修行僧と逢ったが、面白くもなく、可笑しくもない無愛想《ぶあいそう》な僧であった、腰が曲がるほどの荷物を背負い、息《いき》遣《づか》いは荒く、足はきざむように歩いて来る。越人も哀れに思っている様子で、それぞれが肩にかけた荷物を僧の荷物と一つにまとめ、馬を借りて載《の》せ、私も馬に乗って旅を続けた。」と記述している。実際に出会った出来事のようで、修行僧の描写《びょうしゃ》が細やかである。本文で芭蕉翁は、「道者《どうじゃ》」と尊称しているが、乞食行脚《こつじきあんぎゃ》の僧と同様と揶揄《やゆ》した一面も感じられる。

７１番、「桟《かけはし》や いのちをからむ つたかづら」

中山道沿いの木曽川を眺めた芭蕉翁は、「木曽路では高い山や奇峰《きほう》が重なって、左りに木曽川の大河が流れ、崖の下は千尋《ちひろ》もの深さがあると思われる。道幅は狭く、平地が少なく、馬に乗っては入るものの気が休まることはなかった。寝覚《ねざ》め床《とこ》、木曽の桟《かけはし》を過ぎると、立峠《たちとうげ》、猿ヶ馬場《さるがばば》峠《とうげ》などは四十八曲《よんじゅうはちまが》りやつづらおりに重なっていたが、雲の上を旅する心地がして峠を越えた楽しみがあった。」と述べている。中でも「木曽の桟」は、一般的に川を横断する橋ではなく、断崖に架けられた桟橋《さんばし》で、その素材である「蔦《つた》かずら」には、自分の運命を絡《から》ませているようだと詠じた。

「歩いて行くのさえ大変な木曽谷であるが、同行した越人は馬の上で居眠《いねむ》りしている。振り返ると、伊良子崎《いらこざき》でも同様に落馬しないかと心配になった。」と、越人の常人《じょうじん》ではない性質を評している。その後に続く文中では、芭蕉翁の人生観や故事に関する思いを述べているが、文中の結びに「青碗玉巵《せいわんぎょくし》」と言う意味不明な造語を用い、新たな境地を模索しているようにも見える。

72番、「俤《おもかげ》や 姨《おば》ひとりなく 月の友」

姨捨山で詠んだ句で、江戸時代には度重なる飢饉《ききん》が発生し、口減《くちべ》らしのために老人の歯を抜き食欲を抑え、酷《ひど》い場合は老人を山に捨てる風習《ふうしゅう》があった。姨捨山の名はその名残りである。そのことを知っていた芭蕉翁は、捨てられた老婆が一人もいないことを見て、棚田《たなだ》を照らす中秋の名月を眺めたのである。棚田の名月は水が張られた春の時期が一番素晴らしく、その景観を眺めれば、芭蕉翁の句も違っていたと思われ、旅の趣《おもむ》きは季節に左右される。

73番、「月影《つきかげ》や　四門《しもん》四宗《ししゅう》も　只《ただ》一つ」

姨捨山で名月を眺めた芭蕉翁は、翌日の八月一六日に善光寺《ぜんこうじ》を詣でている。善光寺詣では、伊勢神宮や金比羅《こんぴら》参りに並ぶほど庶民の信仰や人気が高かった。「牛に引かれて善光寺詣《まい》り」や「遠くとも一度は参れ善光寺」と言われていた。芭蕉翁も一度は参拝したいと思ったようである。難解な句で、深く調べると切《きり》がない。淡い月影に照らされた善光寺は、四門や四宗に分かれていてもブッタ（お釈迦《しゃか》様）が伝えた仏教は一つなのだからと、述べたかったのであろう。「月影」は秋の季語で、「四門」は東西南北の門、「四宗」は、善光寺の天台宗「大勧進《だいかんじん》」と浄土宗「大本願《だいほんがん》」に真言宗と禅宗を加えたものと思った方が良い。

74番、「身にしみて　大根《だいこん》からし　秋の風」

善光寺を日帰りで参拝した芭蕉翁は、先日に続き北国《ほっこく》街道の坂木《さかき》（坂城）宿《しゅく》の本陣・宮原拾玉《じゅうたぎょく》（生没年不詳）邸に招かれて泊っている。そこで出された食事に辛味《からみ》の強い大根があったようだ。その辛さは身に沁みるようで、まるで秋風の寒さのようだと詠んだ。しかし、実際に食べた大根は、「ねずみ大根」と称され甘辛《あまから》の大根で、芭蕉翁流のさびを込めたようである。

75番、「吹《ふき》とばす 石はあさまの 野分《のわけ》かな」

小諸《こもろ》の城下を過ぎて雄大な浅間山を眺めての吟である。当時も浅間山は噴煙を上げ、噴石が飛ぶこともあったようである。「野分《のわき》」は秋の台風の古称《こしょう》で、吹き飛んで来る噴石の様は、野分のようだと詠じている。真蹟の初案の句は、「吹落す 石をあさまの 野分哉《かな》」となっていて、上五《かみご》は「落す」、中七《なかしち》は「を」に棒線で消して「とばす」と「ハ」に改めたとされる。初案の句の「吹落す」では、隕石《いんせき》でも落ちる様子に見え、「を」の助詞も意味の通じない使い方である。

軽井沢の追分《おいわけ》で、北国街道は中山道と合流し、芭蕉翁と越人は一路、江戸を目指すことになる。追分から江戸日本橋までは、約160㎞の距離が残っていたが、75番の句が最後の句となったのは少々物足《ものた》りない感じがする。

(9)

おくのほそ道の序曲《じょきょく》

陰暦の八月下旬、芭蕉翁は約一〇ヶ月ぶりに江戸の深川芭蕉庵に帰着《きちゃく》した。長旅の疲れがあってか、『芭蕉俳句集』には、帰着直後の句の記載がないが、九月一〇日に「十日《とおか》菊《のきく》」と題する句会が深川の山口素堂亭で開かれた。芭蕉翁の無事の帰庵を祝うことも兼ねられ、服部嵐雪《らんせつ》(1654—1707年)、宝井其角《きかく》(1661—1707年)など総勢七人が集まった。

76番、「いざよひの　いづれか今朝《けさ》に　残る菊」

この句は美濃蕉門の祖・各務支考《かがみしこう》(1665—1731年)が編纂した『笈日記《おいにっき》』にある。何度が推敲されている名句である。「十六夜《いざよい》」は、八月一五日の中秋の名月翌日を意味し、姨捨山《おばすてやま》で眺めた名月が心に残っていたようだ。おそらく、句会に出席した面々は、姨捨山の名月は見ていないと思う。その名月が今朝眺める菊にも残ってますと、発句《ほっく》で披露するのである。この夜は、久々に江戸の酒を飲み、芭蕉翁の土産話《みやげばなし》に菊以上の花を咲かせ、句会が催されたと想像する。

その後の芭蕉翁は、木曽路《きそじ》の旅を懐かしみ、その追憶の句を何度も詠んでいる。一年ぶりに芭蕉庵で越冬した芭蕉翁は、再建されて五年目を迎えた草庵の柱に手をふれて、次ぎの句を詠み、感慨《かんがい》にふけった。

７７番、「冬籠《ふゆごも》り　またよりそはん　此《この》はしら」

山本荷兮《かけい》の『曠野《あらの》』に収められた句で、芭蕉庵に戻って冬を迎える心境を詠んでいる。懐かしい草庵の隅々に目を配《くば》り、旅寝《たびね》を重ねて来たことを思うと、住み慣れた我が家が一番であると感じたようだ。全国各地を旅していると、自分が何処《どこ》にいるのか分からなくなることがある。風雨を凌《しの》ぐだけの小さな草庵に芭蕉翁は、憧れていたが実際に住んだ草庵には部屋の中に柱があって、書斎には床柱《とこばしら》であったかも知れない。芭蕉翁のために建てられた草庵なので、それなりの配慮《はいりょ》があったと想像する。

７８番、「米買《かひ》に　雪の袋や　投頭巾《なげずきん》」

詞書には「雪の夜の戯《たわむれ》に題を探《さぐっ》て、米買《こめかひ》の二字を得たり」とある。斎部路通《いんべろつう》の『路通真蹟』に収められ、九月三〇日に延宝《えんぽう》から「元禄《げんろく》」に年号が改まった冬の作である。初案の詞書には「深川八貧《はちひん》」とあって、芭蕉庵近くに住む門人の河合曾良《そら》、斎部路通、本間友五《ゆうご》、依水《いすい》、岱水《たいすい》、泥芹《でいきん》、夕菊《ゆうぎく》に芭蕉翁を加えた八人で、依水と岱水は兄弟、夕菊は紅一点の女性であった。その八人が米買・薪買・酒買・炭買・茶買・豆腐買・水汲《みずくみ》・炊飯の題で句を作り興《きょう》じた。芭蕉翁が「米買」の題で詠んだ句で、投頭巾を被《かぶ》り、雪の日に米袋を抱え買いに行く様子を詠じた。雪は行きに掛けていて、投頭巾は行商人の被る頭巾である。

79番、「元日は　田毎《たごと》の日こそ　恋しけれ」

元禄《げんろく》二年（1689年）の元旦の句で、山本荷兮がこの年に刊行した『橋守《はしもり》』に収められているが、芭蕉翁が求める新風に批判的な論評も荷兮は記している。元旦になって恋しく思うのは、信州姨捨山《おばすてやま》の棚田に昇る元旦の初日の出である。姨捨山では一泊もしない月見の滞在であったが、その印象は芭蕉翁の心を捉《とら》えて離れなかったようである。

80番、「うたがふな　潮《うしほ》の花も　浦の春」

宝井其角の『いつを昔』にある句で、詞書には「二見《ふたみ》の図を拝み侍《はべ》り」と書かれている。伊勢二見浦《ふたみうら》の夫婦岩《めおといわ》の絵を眺めての吟で、岩に砕《くだ》け散る白い潮《しお》の花の春景色は素晴らしく、この絵に描かれた情景を疑ってはいけないと詠じた。芭蕉翁が直近で二見浦を訪ねたのは、『笈《おい》の小文』で伊勢神宮を参拝した昨年二月四日の直後で、新暦ではうららかな春である。

旅の思い出を振り返り、新たな旅を模索していたようで、この頃は頻繁《ひんぱん》に旅に関する句を詠んでいる。また、俳諧の宗匠としては、年少ながら古参の弟子の一人、服部嵐雪《らんせつ》が宗匠となって立机《りっき》している。現在の企業に例《たと》えると、芭蕉翁は会長職のような立場で、副会長は、「東国三十三国の俳諧奉行」の杉山杉風《さんぷう》であろう。新社長は宝井其角で、副社長は服部嵐雪が該当する。

81番、「月花《つきはな》も　なくて酒のむ　ひとり哉《かな》」

詞書に「酒のみ居たる人の絵に」とあって、山本荷兮《かけい》の『曠野《あらの》』に載録された句である。誰をモチーフにした絵かは不明であるが、月も無ければ花も咲いていない山峡《さんきょう》で、独り酒を飲んでいる隠士《いんし》の姿が浮かぶような絵に見える。芭蕉翁は自分の現在の姿を、絵の隠士のような主人《しゅじん》に重ねたことは想像に難《かた》くない。

草庵暮らしに再び飽《あ》きてきた様子で、『芭蕉俳句集』には「草の戸も　住替《すみかは》る代《よ》ぞ　ひなの家」が続いている。この句は『おくのほそ道』の冒頭文《ぼうとうぶん》に選ばれた句で、既に芭蕉庵は売却されて、女の子連れの家族が住む家となっていた。芭蕉翁は杉山杉風の別荘である「採茶庵《さいとあん》」に移り、『おくのほそ道』の旅の準備をしている。門人たちには、早くから旅の予定を述べていたと思われるが、随行する人物に関しては、深川八貧の河合曾良《そら》と斎部路通《ろつう》に絞られたが、元伊勢長島藩士の曾良が選ばれた。路通は乞食僧《こつじきそう》であったので、大金を持たせて同伴させるには反対の声があったようである。

元禄《げんろく》二年（1689年）三月二七日、芭蕉翁は曾良を伴い、見送りの人々と一緒に深川から乗船し、『おくのほそ道』へ旅立つのである。結びの地となる美濃大垣《おおがき》まで、約2、400㎞の旅の始まりである。

⑽ おくのほそ道の抜《ばっ》粋《すい》

不朽《ふきゅう》の名作である『おくのほそ道』には複数の書写本《しょしゃぼん》があって一般的には河合曾良が所持していた「曾良本」を原本としている。しかし、平成八年（1996年）、阪神淡路大震災《はんしんあわじだいしんさい》で半壊した大阪の古本屋の自宅から真筆《しんぴつ》の『奥の細道』が発見された。曾良本の後《あと》にも訂正加筆されていて、混同を避ける意味でも、従来通りの『おくのほそ道』を抜粋のベースにしたい。

冒頭文の一章は、芭蕉ファンなら殆の人が暗唱していると推察する。「月日は百代《ひゃくだい》の過客《かかく》にして、行きかふ年も又旅人なり。」から始まる文中は、唐代の詩人・李白《りはく》（701―762年）の「夫《そ》れ天地は万物の逆旅《ぎゃくりょう》にして光陰《こういん》は百代の過客なり」の詩を引用し、行く年も来る年も旅人のように過ぎて去ると述べている。「舟の上に生涯をうかべ馬の口とらへて老《おい》をむかふる者は、日々《ひび》旅にして旅を栖《すみか》とす。古人も多く旅に死せるあり。」と、船方《ふねかた》や馬方《うまかた》を生業《なりわい》として老《お》いる人は、毎日旅をしているようなもので、旅が住む家となっている。古《いにしえ》の人の多くが旅に生涯を閉じている。「予《よ》もいづれの年よりか、片雲の風にさそはれて漂泊の思いやまず、海浜にさすらへ、去年《こぞ》の秋江上《こうじょう》の破屋《はおく》に蜘《くも》の古巣《ふるす》をはらいて、やや年も暮れ春立てる霞の空に、白河の関越えんとそぞろ神のものにつきて心をくるはせ、道祖神《どうそじん》のまねきにあひて取るもの手につかず、股引《ももひき》の破れをつづり、笠の緒《お》付けかへて、三里に灸《きゅう》するより、松島の月まづ心にかかりて、住める方は人に譲り杉風《さんぷう》が別《べっ》墅《しょ》に移るに、草の戸も住替《すみかは》る代ぞ雛《ひな》の家、表八句を庵の柱に懸《か》け置く。」で冒頭文を結んでいる。「私も旅に客死《かくし》する年寄りなのか、浮雲《うきぐも》の風に誘われては、海浜をさすらい歩く気持ちが止まない。昨年の秋は、留守にしていた草庵のクモの巣を払ったが、年も暮れそうになって春霞《はるがすみ》の頃に奥州白河の関を越えたいと、人の心を誘惑する神様に憑《と》りつかれたようだ。旅の神様である道祖神にも招かれたようで、俳諧の仕事も手につかない。旅の衣服を繕《つくろ》い、健脚を促すために灸《きゅう》をすえても思うのは松島の月で、心から離れることがない。草庵を人に譲《ゆず》ることになって、杉風《さんぷう》の別荘に移ることになった。草庵の下見《したみ》に来た家族のために句を詠み、その表八句を草庵の柱に記念として残して置いた。」と要約できるが、原文のまま諳《そ》んずるのが味わいが伝わってくる。

81番、「行く春や　鳥啼《な》き魚の　目は泪《なみだ》」

千住《せんじゅ》で船を降りた芭蕉翁と曾良は、船で同行した深川の人々、江戸周辺から千住に集まった人々、約二〇〇人から見送られての旅立ちとなった。東海道や中山道の旅とは異なり、今生《こんじょう》の別れになるとの思いがあったようだ。遥か彼方《かなた》の陸奥《みちのく》の国、その春景色を眺め旅行く喜びよりも、鳥の不如帰《ホトトギス》が鳴いて、川の泥鰌《ドジョウ》が涙するような別れとなったと詠んでいる。

82番、「あらたふと 青葉若葉の 日《ひ》の光《ひかり》」

千住から春日部《かすかべ》、間々田《ままだ》、鹿沼《かぬま》のそれぞれに一泊して日光に到着する。日光の旅籠の主人には、乞食《こつじき》巡礼の身なりなのに親切にされたようで「剛毅朴訥《ごうきぼくとつ》」の人柄は賢人《けんじん》に等しいと評価した。日光の霊山である二荒山《ふたらさん》(男体山《なんたいさん》)を遥拝《ようはい》した芭蕉翁は、「二荒山」を空海大師(774―835年)が開基して「日光」を改めたと記している。実際は勝道《しょうどう》上人(735―817年)が開基しているが、弘法《こうぼう》大師を「空海《くうかい》大師」と表記したことに敬意《けいい》をはらいたい。一般的な「弘法《こうぼう》大師」の諡号《しごう》は、高野山で入滅した八六年後に天皇より賜っているが、ライバル関係にあった最澄《さいちょう》上人の「伝教《でんきょう》大師」に遅れること五五年後であり、空海ファンとしは弘法の名称には違和感《いわかん》がある。それを芭蕉翁は知っていて、敢《あ》えて「空海大師」と呼んだのが嬉しい。

空海大師を尊崇《そんすう》したように、平和な江戸時代の創始者・徳川家康《いえやす》(1543―1616年)を祀《まつ》る東照宮を拝して、「あらまあ何と尊い御廟《ごびょう》なのだろう、青葉や若葉が清々《すがすが》しく、日の光りに輝いて見える。」と詠んだ。この頃は徳川綱吉《つなよし》(1646―1709年)の時代となっていて、日光東照宮では修復工事が行われていた。参拝するには大楽院《だいらくいん》の許可と随員が必要で、しばらく待たされての参拝となったようだ。現在のようにお金さえ支払《しはら》えば、誰で自由に参拝できる時代と違っていたのが興味深い。

８３番、「暫時《じばらく》は　滝に籠《こも》るや　夏《げ》の初め」

日光には名瀑《めいばく》が多く、芭蕉翁の訪ねた「裏見の滝」は、華厳の滝、霧降の滝と共に「日光三名瀑」に選ばれている。何度となく滝の見物をして来た芭蕉翁は滝好きのようであったが、滝の裏側に立って眺めるのは初めてであった。文中では、「岩洞《がんどう》の頂《いただき》より飛流して百尺《ひゃくせき》、千岩の碧潭《へきたん》に落ちたり。」と記しているが、李白の詩を意識しての感慨であろう。滝は滝行《たきぎょう》の修行する僧と関わりが深く、陰暦の四月一六日から三ヶ月間は「夏安吾《げあんご》」という修行で滝に籠る習わしがあった。そのことを芭蕉翁は知っていて、自分もしばらくは滝に籠ってみたいと詠んでいるが、裏見の滝は落水量《らくすいりょう》が多くて修行するような滝ではない。

日光から玉生《たまにゅう》に一泊した後《ご》、那須《なす》の黒羽《くろばね》に入り芭蕉翁を知る人物を尋ねている。黒羽藩城代家老の浄法寺高勝《じょうほうじたかかつ》（１６６１―１７３０年）で、江戸蕉門で俳諧を学び、桃雪《とうせつ》という俳号を芭蕉翁から名付けられた。また、桃雪の弟・鹿子畑豊明《かのこばたとよあき》（１６６２―１７２８年）

は翠桃《すいとう》と称されていた。芭蕉翁は黒羽に二週間も逗留《とうりゅう》しているが、『おくのほそ道』では最も長い。芭蕉翁とは、一回り以上も年齢差があったが、それを感じさせない交流があったようだ。那須周辺の名所をめくり、寺社では那須神社（金丸《かなまる》八幡）、光明寺、雲岩寺《うんがんじ》（雲巌寺）に詣でている。雲岩寺は深川臨川庵《りんせんあん》で参禅した仏頂《ぶっちょう》和尚が晩年を過ごした臨済宗の古刹であった。

８４番、「啄木《きつつき》も　庵《いほ》はやぶらず　夏木立《なつこだち》」

仏頂和尚が若い頃、この寺で修行した際、「竪横《たてよこ》の　五尺にたらぬ　草の庵《いお》　むすぶもくやし　雨なかりせば」と詠み、岩に書き付けたと聞いたことがあった。参道の十景《じっけい》が尽き、橋を渡って山門に入る。山をよじ登って探すと、岩場の上に懸《かけ》造りの小庵《しょうあん》が建っていた。南宋《なんそう》の妙峰《みょうほう》禅師（１１５２―１２３５年）の死関《しかん》、梁《りょう》（南朝）の法雲《ほううん》法師（４６７―５２９年）の石室《せきしつ》を見るようだと俳文に記した。

その修行跡を偲《しの》んでいると、夏の木立のキツツキも遠慮して小庵の柱は突っつかないようだと詠じた。中国の故事に詳しかった芭蕉翁であるが、法雲法師の記述は曖昧《あいまい》で、梁の法雲法師とは別人の僧であると思う。

85番、「野を横に　馬牽《ひ》きむけよ　ほととぎす」

黒羽を出発した後《のち》は、雨のために高久《たかく》に二泊して、那須野を越えて那須岳の麓《ふもと》へと向かう。黒羽の桃雪は、馬と馬子《まご》、家来を一人を付けている。その馬子から「短冊《たんざく》をください」と所望《しょもう》されて即興で詠んだ句である。野原でホトトギスの鳴く声が聞こえたら、その方向に馬の手綱《たづな》を向け、その声を一緒に聞こうではないか、それが風流と言うものだと諭《さと》したのであった。実際に馬子に与えたのは短冊ではなく懐紙《かいし》であったようで、その後《ご》は門弟の森川許六《きょろく》（1656―1715年）の手に渡っている。

86番、「石の香《か》や　夏草赤く　露あつし」

現在の那須湯本温泉に泊まった芭蕉翁と曾良は、温泉近くの「殺生石《せっしょうせき》」を見物し、この句を詠んだ。硫黄《いおう》の匂いが草を赤く枯らし、石の熱で朝露《あさつゆ》までも熱くなっていると感想を述べている。『おくのほそ道』で芭蕉翁はたくさんの句を詠んでいるが、それらがすべて本文に記載されたわけではなく、残りの句は曾良が筆記した『俳諧書留《かきとめ》』や『旅日記』に収められている。

曾良の日記によると、次の訪問先である芦野《あしの》へは、道がよく分からずに難儀《なんぎ》したと記され、湯本から芦野までは案内人なしで訪ねている。芦野には西行法師が和歌に詠んだ柳の名所があって、芭蕉翁も句を残した。そしていよいよ、奥州《おうしゅう》（みちのく）の玄関口、「白河の関」に至るのである。深川を出発した二三日後のことで、ここに来て芭蕉翁は旅心《たびごころ》が定まったと記している。白河の関に因んだ和歌を相当意識し、絵画的な叙述《じょじゅつ》の中に和歌や故事を挿入《そうにゅう》している。練りに練った文体であり、白河の関に対する思い入れの深さが感じられる。芭蕉文学の素晴らしさは、俳文と発句が織《お》りなすシンフォニーにある。

本文では能因法師、源平《げんぺい》の歌人である平兼盛《かねもり》（？―991年）、源頼政《よりまさ》（1104―1180年）の和歌の句を拾い、風騒《ふうそう》の人（詩作する人）の心を留めると記している。また、白河の関を通る際、公家の藤原清輔《きよすけ》（1104―1177年）は冠《かんむり》を正し衣装を改めて恭《うやうや》しく通った逸話《いつわ》を紹介している。芭蕉翁は感慨のあまり、自らの句は詠まず、曾良の「卯《う》の花を　かざして関の　晴着《はれぎ》かな」の句を入れた。清輔の伝承に倣《なら》って、卯（ウツギ）の花を頭に飾って晴れ着にしようと詠んでいる。しかし、曾良は『おくのほそ道』の旅に出るため、剃髪《ていはつ》して僧形《そうぎょう》となっているので、花を飾るにも無理があったようだ。

87番、「風流の　初《はじ》めや奥《おく》の　田植うた」

白河の関から奥州の土を踏んだ芭蕉翁は、白河の城下町を通過して矢吹《やぶき》に投宿している。その道中、阿武隈川《あぶくまがわ》を渡って眺めた景観を「左に会津根《あいづね》（磐梯山《ばんだいさん》）高く、右に磐城《いわき》・相馬《そうま》・三春《みはる》の庄、常陸《ひたち》・下野《しもつけ》の地をさかひて山つらなる。」と記している。この頃は田植えの時期で、その様子を詠んだ句である。「風流《ふうりゅう》」には様々な意味合いがあって、月や花を愛でる人の姿、豪華な祭りの山車《だし》などを指すことが多い。芭蕉翁は華やいだ衣装で田植えする早乙女《さおとめ》の姿と、その田植え唄が風流であると見たようだ。見慣れない祭りのような田植えの風習《ふうしゅう》に感動し、それが『おくのほそ道』で最初に見た風流であると詠んだのである。須賀川《すかがわ》に入ると、黒羽に続き須賀川にも芭蕉翁と面識がある相楽等躬《さがらひときゅう》（1637－1715年）がいた。等躬は奥州街道の須賀川宿で荷問屋を営み、駅長も兼ていた。奥州俳諧のリーダー的な存在で、同じ貞門派《ていもんは》では七歳年上の先輩でもあった。

88番、「世の人の　見付《みつ》けぬ花や　軒の栗」

等躬亭に草鞋《わらじ》を脱いだ芭蕉翁と曾良は、本文では四・五日泊まったと記されているが、実際は七泊している。等躬から「白河の関いかに越えつるや」と問われた芭蕉翁は、「長《ちょう》途《と》の苦しみ身心《しんじん》つかれ、且《か》つは風景に魂《たましい》うばはれ、旧懐に腸《はらわた》を断ちて、はかばかしう思ひめぐらす。」と答え、87番の句を発句に歌仙《かせん》が巻かれた。

滞在中には等躬の紹介で、「大きな栗の木陰《こかげ》をたのみて、世をいとふ僧あり。」と記して、その僧の草庵を尋ねている。この句はその時の吟で、その僧は簗井可伸《やないかしん》(生没年不詳)がモデルとされる。栗の実は誰でも知っているが、民家の軒端に咲く白い花に世間の人が関心を示されないように、風雅に生きる僧も同様である。「栗」と言う字は、「西の木」と書き、西方浄土《さいほうじょうど》を意味し、かの行基菩薩《ぎょうきぼさつ》(668—749年)は杖にも柱に栗の木を用いたとされると、句の詞書で述べている。

須賀川からは阿武隈川の「乙字ケ滝《おつじがだき》」を見物して、郡山《こおりやま》の檜皮《ひはだ》(日和田《ひわだ》)宿《しゅく》に一泊し、安積山《あさかやま》や黒塚《くろづか》の歌枕の史跡を訪ねる。福島の信夫《しのぶ》の里では、「文知摺《もぢずり》観音」を詣で、境内にある奇妙な文知摺の石を眺め句を詠み、福島から飯塚《いいづか》へと入る。飯坂の入口の丸山には、奥州藤原氏の家臣で、佐藤基治《もとはる》(1113?—1189年)の館跡(大鳥城《おおとりじょう》)があって往時を偲んでいる。

89番、「笈も太刀も　五月《さつき》にかざれ　紙幟《かみのぼり》」

藤原基治は信夫庄司《しのぶしょうじ》とも呼ばれ、その伝承を地元の人々から聞き、芭蕉翁は涙を落としたと記す。館跡の近くには佐藤一族の菩提寺である「医王寺《いおうじ》」が建っていた。基治の子、継信《つぐのぶ》・忠信《ただのぶ》兄弟は源義経に従い戦死するが、残された二人の嫁が哀れに思われる。しかし、そのかいがいしき名は後世に伝わり、こうして袂《たもと》を濡らすのも旅の趣《おもむ》きである。寺に入って茶を求めると、住職が寺宝である義経の太刀、弁慶《べんけい》の笈を見せてくれた。折角《せっかく》なので、五月の節句に紙幟と一緒に飾って欲しいと詠じた。

この日は飯坂温泉に泊まっているが、その宿は土間に筵《むしろ》（ゴザ）を敷いただけのあやしき貧家であった。灯りがなく、囲炉裏《いろり》の明かりの側に寝床を設けて横になる。夜になると、雷が鳴って雨がしきりに降り、蚤《のみ》・蚊《か》にまとわりつかれ、持病まで起きて眠れなかったと述べている。『笈の小文』では、旅の第一に良い宿に泊まること願っていたので、最悪の一夜《いちや》の宿となったようである。そのためか、飯坂温泉では句を詠んでいないし、名調子《めいちょうし》の俳文でもない。

飯坂温泉からは体調がすぐれなかったこともあって、馬を借りて桑折《こおり》の宿駅に向かう。

「羈旅《きりょ》辺土の行脚、捨身《しゃしん》無常の観念、道路に死なん、これ天の命《めい》なりと、気力聊《いささ》かとり直し、路《みち》縦横に踏んで伊達の大木戸《おおきど》を越す。」と記し、笠島へと入る。

90番、「笠島は　いづこ五月《さつき》の　ぬかり道」

伊達の大木戸《おおきど》は簡素な関所のことで、仙台藩《せんだいはん》の伊達領に入った芭蕉翁と曾良は、白石《しろいし》の城下に一泊する。翌日は陸奥《むつ》の国に左遷されて亡くなった歌人の藤原実方《さねかた》(?—999年)の塚を探す。しかし、当日は雨で道路がぬかるみ、旅の疲れもあってか箕輪《みのわ》や笠島《かさしま》をぼんやりと眺めて過ぎ去っている。その様子を詠んだ句で、五月雨《さみだれ》に遮《さえぎ》られた旧跡への未練もにじませている。

笠島から岩沼《いわぬま》の宿駅に入り、俳文では岩沼に宿ると記しているが、実際は仙台の大崎庄左衛門《しょうざえもん》(生没年不詳)の旅籠屋に泊っている。前泊した白石からは56㎞も離れていて、常人《じょうじん》の歩く一日の距離約40㎞を大幅に超えている。それでも岩沼で有名な「武隈《たけくま》の松」を眺め、能因《のういん》法師のことを述べたかったようで、『おくのほそ道』の文中には脚色された個所が多い。曾良がその日の宿や天気などを『旅日記』に書き止めているので、日記と合わせて読むと、実際の行動が把握《はあく》できる。しかし、『おくのほそ道』は単なる事実を描いた紀行文ではなく、文学作品に仕立てようとした意図《いと》が感じられて、素直に受けとめるべきと思う。

仙台では唯一の知人で、俳諧仲間である大淀三千風《みちかぜ》（１６３９―１７０７年）を尋ねるが、不在であったため高弟の北野加之《かし》（生没年不詳）が芭蕉翁を接待する。俳文では画工（絵師）加右衛門《かうえもん》と紹介し、仙台の旅籠屋に四泊した時、何かと世話になっている。

９１番、「あやめ草 足に結ばん 草鞋《わらぢ》の緒」

芭蕉翁の当時の名声は、仙台にも届いていて、加右衛門《かうえもん》の耳にも入っていたと思われる。加右衛門に案内されて、宮城野の萩に思いを寄せ、玉田・横野、榴ヶ岡《つつじがおか》の馬酔木《あせび》を愛でている。陸奥国分寺跡に残る薬師堂、榴ヶ岡に遷座された天満宮を詣で、加右衛門の好意《こうい》に対して風流を知る人と感謝した。この句には、その感謝の思いが込められていて、「足に結ばん」には、一期一会の出会いであるが、贈られた紺色の緒の付いた草鞋には、ひと時の絆《きずな》で結ばれた思いが込められていた。

仙台を発った芭蕉翁と曾良は、加右衛門に贈られた絵図を頼りに「壺《つぼ》の碑《いしぶみ》」を訪ねる。奈良時代に築かれ多賀城《たがじょう》の経緯を記した古碑《こひ》で、芭蕉翁は考古学者のように碑に刻まれた文字を解読する。その感慨を「千歳《せんざい》の記念《かたみ》、今眼前《がんぜん》に古人の心を閲《けみ》す。行脚の一徳《いっとく》、存《ぞん》命《めい》の悦び、羈旅の労を忘れて泪も落ちるばかりなり。」と述べて、感慨のあまり句を詠んでいない。

多賀城では「野田の玉川」、「沖の石」、「末《すえ》の松山」の歌枕を訪ね、塩竈《しおがま》の旅籠治兵衛《じへいえ》方に一泊し、翌朝に塩竈神社を参拝している。国主の伊達政宗《まさむね》（1567―1636年）が再興したことや煌《きらび》びやかな社殿の様子を記している。そして、いよいよ『おくのほそ道』の旅の最大の目的地である「松島《まつしま》」へと塩竈から船に乗ることになる。

92番、「松島や 千《ち》ぢに砕《くだけ》て 夏の海」

芭蕉翁は松島で感動のあまり句を詠んでいないとされるが、『芭蕉俳句集』に一句だけあって、上五《かみご》に松島の名を入れた初案の句で、推敲して「島々《しまじま》や」に変えている。しかし、松島の俳文は『おくのほそ道』では最も優れた名文であると思う。

「抑《そもそも》、ことふりにたれど、松島は扶桑《ふそう》第一の好風《こうふう》にして、およそ洞庭《どうてい》・西湖《せいこ》を恥ぢず。東南より海を入れて江《え》の中《なか》三里、浙江《せっこう》の潮《うしほ》をたたふ。島々の数を尽して、欹《そばだ》つものは天を指《ゆびさ》し、伏すものは波に葡匐《はらば》ふ。あるは二重《ふたへ》にかさなり三重《みえ》に畳みて、左にわかれ右につらなる。負《お》へるあり抱《いだ》けるあり、児孫《じそん》愛すがごとし。松の緑こまやかに、枝葉汐風《しようしおかぜ》に吹きたわめて、屈曲《くっきょく》おのづから矯《た》めたるがごとし。その気色窅然《けしきようぜん》として美人の 顔《かんばせ》を粧《よそほ》ふ。ちはやぶる神の昔、大山祇《おおやまづみ》のなせるわざにや。造化《ぞうか》の天工《てんこう》、いづれの人か筆をふるひ 詞《ことば》を尽さむ。」と松島を賛辞し、筆に尽くしたのである。中国の名勝と比較しても日本は劣っていないと強調している。中国に行ったこともない芭蕉翁であるが、絵画を通じて中国の洞庭湖《どうていこ》や西湖はイメージにあったようだ。島々が点在する景観をこれほど微細《びさい》に 詞《ことば》で描写したのは芭蕉翁以外に私は知らない。「窅然」は『荘子《そうし》』にある語で、表現を絶した恍惚の境を意味するとされる。「大山祇」は、神話では伊弉諾尊《いざなぎみこと》と伊弉冊尊《いさなみのみこと》との子で、日本全国の山の総管理者とされている。

続きの俳文には雄島で雲居《うんこ》禅師（１５８２―１６５９年）の草庵跡を訪ね、松の木陰には世を厭《いと》う人が住み、その暮らしぶりを懐かしく思って立ち寄ったと記している。更に「江《こう》上《じょう》に帰りて宿を求むれば、窓をひらき二階を作りて、風雲の中に旅寝するこそ、あやしきまで妙《たえ》なる心地《ここち》はせらるれ。」と述べ、曾良の「松島や 鶴に身を借《か》れ ほととぎす」の句を載せて、曾良の労苦に報いようとしたようだ。松島の楼閣風《ろうかくふう》の宿は、仙台の加右衛門の紹介と思われ、ここから眺めた松島の月が至極の時であったようだ。宿で芭蕉翁は、餞《はなむけ》に贈られた山口素堂の詩、原安適《あんてき》（生没年不詳）の和歌、杉山杉風・中川濁子《じょくし》（生没年不詳）の発句を袋から取り出して手にし、それを今宵《こよい》の友に好きな酒を飲んだようである。

翌日は松島の瑞巌寺《ずいがんじ》を詣で、奥州の古都・平泉《ひらいずみ》に向うのであるが、途中で道を間違えたようで石巻に入ってしまう。それでも金華山《きんかざん》の島を眺め、数百の廻船が出入りする湊の様子は気に入ったようである。石巻では何とか沼倉四兵衛《しへい》（生没年不詳）の旅籠屋に一泊した後、北上川沿いに北上し、戸伊魔《といま》（登米《とめ》）の検断役《けんだんやく》・庄左衛門《しょうざえもん》方に一泊している。戸伊魔から上沼《うわぬま》（長根《ながね》）・涌津《わきつ》（安久津《あくつ》）・金沢《かざわ》（加沢）を通って雨の中を一関《いちのせき》へと至る。一関では地元俳人の金森才良《さいら》（生年没不詳）宅に二泊したとされ、平泉には日帰りで訪ねているが、短い時間ながら平泉を堪能《たんのう》し、最高傑作の名文名句を残した。

93番、「夏草《なつくさ》や　兵《つわもの》どもが　夢の跡」

発句の前の俳文は、松島の名文に続く名文である。「三代の栄耀一睡《えいようい っすい》の中《うち》にして、大門の跡は一里こなたにあり。秀衡《ひでひら》が跡は田野《でんや》になりて、金鶏山《きんけいざん》のみ形を残す。まづ高館《たかだち》にのぼれば、北上川《きたかみがわ》南部より流れる大河《たいが》なり。衣川《ころもがわ》は和泉《いづみ》が城《じょう》をめぐりて、高館の下にて大河に落ち入る。泰衡《やすひら》等が旧跡は、衣《ころも》が関《せき》を隔てて南部口をさし堅《かた》め、夷《えぞ》をふせぐとみえたり。さても義臣《ぎしん》すぐってこの城にこもり、功名《こうみょう》一時の叢《くさむら》となる。」と記し、「国破れて山河あり、城春にして草青みたり」に続き、「笠うち敷きて時のうつるまで泪を落し侍《はべ》りぬ。」と結び、「夏草や」の発句を添えている。

多賀城跡では考古学者、平泉では軍事評論家のように往時を偲んで解説している。「三代」は、平泉文化の黄金《おうごん》時代を築いた初代・藤原清衡《きよひら》（１０５６—１１２８年）、二代・基《もと》衡《ひら》（１１０５？—１１５７年）、三代・秀衡《ひでひら》（１１２２？—１１８７年）で、源頼朝に騙《だま》されて討ち取られた泰衡（１１５５？—１１８９年）は四代目である。「衣が関」は平泉の北に位置するので、「南部口」の表記には南部領（蝦夷地《えぞち》）と混同したようである。「国破れて」の表記は、唐代の詩人・杜甫の詩「春望《しゅんぼう》」の引用である。夏草が生い茂る戦跡《せんせき》に立った芭蕉翁は、兵《つわもの》たちが主君のために命を賭《と》した歴史を哀れみ、追悼《ついとう》の涙を浮かべるのである。

９４番、「五月雨《さみだれ》の　降りのこしてや　光堂《ひかりどう》」

平泉を訪ねた芭蕉翁は、源義経が戦死した故事には全く触れず、中尊寺《ちゅうそんじ》を参拝している。本文には、「かねて耳《みみ》驚かしたる二堂開帳す。経堂《きょうどう》は三将《さんしょう》の像を残し、光堂は三代の棺《ひつぎ》を納め、三尊《さんぞん》の仏を安置す。七宝《しちほう》散りうせて珠《たま》の扉《とびら》風にやぶれ、金《こかね》の柱霜雪《そうせつ》に朽ち既に頽廃空虚《たいはいくうきょ》の叢《くさむら》となるべきを、四面新《しめんあらた》に囲《かこ》みて、甍《いらか》を覆《おお》ひて雨風を凌《しの》ぐ。暫時《しばらく》、千歳《せんざい》の記念《かたみ》とはなれり。」と述べている。源頼朝の奥州征伐によって藤原氏は四代で滅びるが、その栄華《えいが》だけは焼き討ちにしなかった。芭蕉翁の句は、五月雨は頼朝の侵攻で、光堂（金《こん》色堂《じきどう》）だけは残されたことを詠んでいる。経堂は実際には拝観していないので、「三将の像」は文殊菩薩などの三尊の過ちで、一切経《いっせつきょう》を主に収めている。「三尊」は阿弥陀如来《あみだにょらい》を本尊とし、脇侍《わきじ》の観世音菩薩《かんぜおんぼさつ》と勢至菩薩《せいしぼさつ》を言う。「四面新たに囲み」は、現在も移築されて残る「覆堂《さやどう》」のことで、室町時代の文正《ぶんしょう》元年（１４６６年）に建てられている。

金色堂は平安時代後期の天治《てんじ》元年（１１２４年）、初代秀衡によって建立された。外観は三間《げん》四方《ほう》の小さな宝形造《ほうぎょうづく》りであるが、内陣は極楽浄土をイメージした意匠となっていて、四本の柱に施された蒔絵《まきえ》や螺鈿《らでん》の装飾が素晴らしい。平泉の旧跡をめぐった芭蕉翁と曾良は、一関に引き返し、翌日は一関から陸奥上街道《むつかみかいどう》を通り、街道の終点地、岩出山《いわでやま》に一泊している。

９５番、「蚤虱《のみしらみ》 馬の尿《しと》する 枕もと」

岩出山からは小黒崎《おぐろさき》・美豆《みづ》の小島の名所を見て、北羽前《きたうぜん》街道を進むが、現在の鳴子《なるこ》温泉は素通りして「尿前の関」に至る。この関所では、旅人の往来が少なく関守《せきもり》から怪しまれたと記し、何とか出羽の国に入って、封人《ほうじん》の家に泊ったとある。封人は出羽と奥州の国境を警護する番人《ばんにん》で、その家は困った人を泊める宿にもなっていた。そこで一夜明かした様子を詠んだ句で、蚤や虱に刺《さ》された上、枕の側では馬の放尿《ほうにょう》の音が聞こえたようだ。それでも飯坂温泉の宿ほど悪い印象ではなかったと思える。

　芭蕉翁の泊った地は堺田《さかいだ》で、その先には『おくのほそ道』では最大の難所である「山《な》刀伐峠《たぎりとうげ》」を越えなければ、目的地の尾花沢《おばなざわ》には向えなかった。そこで、案内人を兼ねたボディカードを頼んでいる。その様子を「究竟《くっきょう》（屈強）の若者反脇指《そりわきざし》をよこたへ、樫《かし》の杖を携《たづさ》へて、我々が先に立ちて行く。」と紹介し、「今日《けふ》こそ必ずあやふきめにもあふべき日なれと、辛《から》き思ひをなして後《うしろ》について行く。」と山賊《さんぞく》に逢うことを危惧《きぐ》している。その山中の様子を「高山森々《しんしん》として一鳥声《いっちょうこえ》きかず、木《こ》の下闇《したやみ》茂りあひて夜《よる》行くがごとし。雲端《うんたん》につちふる心地して、篠《ささ》の中踏み分け分け水をわたり、岩に蹶《つまづ》（躓）いて、肌《はだ》につめたき汗を流して最上《もがみ》の庄《しょう》に出《い》づ。」と難所を越えた辛《つら》さと、秘境の趣《おもむ》きを味わった感慨を述べている。

96番、「涼しさを　我が宿《やど》にして　ねまるなり」

山刀伐峠《なたぎりとうげ》を無事に越えて尾花沢に到着した芭蕉翁と曾良は、紅花《べにばな》の荷受問屋を営む俳人の鈴木清風《せいふう》（1651―1721年）方を尋ねる。予《あらかじ》め書簡《しょかん》で来訪は伝えていたが、日時ははっきりとしていなかったであろう。清風はこの時、三九歳の壮年であったが、豪商にして出羽《でわ》俳諧の重鎮であった。江戸に別邸があって商用で赴《おもむ》いた時に滞在し、芭蕉翁と交流があって、遊郭《ゆうかく》の吉原《よしはら》でも名を馳せた粋人《すいじん》の一面もあった。句は清風との再会に際して詠んだ挨拶句で、夏の猛暑の「涼しさ」は、居心地の良さを意味し、そこを宿とする謝意《しゃい》を表している。「ねまる」は東北弁で寛《くつろ》いで座ることで、方言にも馴染んで来た様子が窺《うかが》える。

尾花沢には十一日間も滞在し、天台宗の養泉寺《ようせんじ》に七泊、清風方に三泊している。句会も催され、近在の俳人のみならず、約25㎞も離れた新庄《しんじょう》からも俳人が参じている。芭蕉翁の名声は、出羽の片田舎《かたいなか》まで聞こえたようで、この地に蕉風の新たな種《たね》を蒔《ま》くことになる。芭蕉翁の内なる願いが叶《かな》い、絶えず変わって行く作風でもある、「不易流行《ふえきりゅうこう》」の流行《はやり》を伝えたかったのである。

尾花沢からは、最上川を船で下り、鶴岡の門弟を訪ねる予定であったが、地元の人々の勧めで、出羽の古刹《こさつ》である立石寺《りっしゃくじ》を参拝することになる。偶然とは言え、「山寺《やまでら》」と通称される立石寺を訪ねていなかったら、不朽《ふきゅう》の名句は生まれていない。

９７番、「閑《しづか》さや　岩にしみ入る　蝉の声」

この名句の前には名文があって、「山形領に立石寺《りっしゃくじ》といふ山寺あり、慈覚《じかく》大師の開基にして、殊《こと》に清閑《せいかん》の地なり。一見すべしよし人々のすすむるによりて、尾花沢よりとって返し、その間《あひ》七里ばかりなり。日いまだ暮れず。麓の坊に宿かり置きて、山上の堂にのぼる。岩に巌《いわほ》を重ねて山とし、松柏年旧《しょうはくとしふ》り、土石《どせき》老いて苔滑《なめ》らかに、岩上《がんじょう》の院々扉《とびら》を閉《と》ぢて物の音きこえず。岸をめぐり岩を這《は》ひて仏閣を拝し、佳景寂莫《かけいじゃくまく》として心澄みゆくのみ覚《おぼ》ゆ。」と山寺の特徴を文字に捉《とら》えている。境内の清閑さの中では、蝉のうるさい声も岩に吸収《きゅうしゅう》されるような静かであると詠じた。

立石寺は慈覚大師円仁《えんにん》（７９４―８６４年）によって、貞観《じょうがん》二年（８６０年）に開基したと伝わり、芭蕉翁が『おくのほそ道』で参拝した瑞巌寺《ずいがんじ》と中尊寺《ちゅうそんじ》も慈覚大師の開基とされる。立石寺の門前には多くの宿坊があって、その夜は案内して来た俳人たちと一緒に泊っている。翌日は、大石田の高野一栄《いちえい》（？―1725年）に招待されて三泊し、船出する日和を待ったようである。俳文では碁石《ごいし》・隼《はやぶさ》などの激流の難所を船で下り、酒田まで下ったと記されているが、実際は舟形《ふながた》で下船し、新庄の渋谷風流《ふうりゅう》（生没年不詳）方に二泊している。その後に本合海《もとあいかい》から再び船に乗り、清川《きよかわ》で下船して酒田ではなく「出羽三山」に向かっている。

98番、「五月雨《さみだれ》を あつめて早し 最上川《もがみがわ》」

大石田の高野一栄亭での句会では、「五月雨を　集《あつ》めて涼し　最上川」と詠んでいるが、紀行文で中七《なかしち》を「早し」に詠み直している。この句を詠んだ日は、陰暦《いんれき》の五月二九日で、陽暦《ようれき》では七月一五日となる。「五月雨」は季語としは間違いではないが、現在の季節的な感覚としては盛夏《せいか》で、「五月雨」と「涼し」が整合《せいごう》していないと思ったようだ。最上川沿いの山々に降りしきる雨の流れる様子を「あつめて」と捉えたのは、芭蕉翁ならではの着想《ちゃくそう》の豊かさである。

99番、「ありがたや　雪をかをらす　南谷《みなみだに》」

出羽三山の羽黒山《はぐろさん》に登った芭蕉翁は、門前町の羽黒手向《とうげ》で染物屋を営む図司左吉《ずしさきち》（？―1698年）を尋ねる。左吉は姓は近藤、俳号を呂丸《ろがん》と称し、江戸の内藤露沾《ろせん》や宝井其角《きかく》と交わっていた俳人で、庄内俳諧のリーダー的な存在であった。その左吉の紹介で、別当代会覚阿闍梨《えかくあじゃり》（生没年不詳）に謁見《えっけん》する。「阿闍梨」は密教の最高位で、阿闍梨は羽黒山の最高責任者であった。その阿闍梨の気配りで、南谷の別院を宿舎として提供《ていきょう》される。この句は本坊で開かれた句会の発句で、感謝の気持ちに加え、残雪の冷気《れいき》が立ち込める涼しさを詠んだのであった。俳文では出羽三山の歴史について語っているが、月山登頂《がっさん》が最大の出来事となる。

100番、「雲の峰　幾《いく》つ崩れて　月の山」

月山は丸い形の標高1，984mの霊山、芭蕉翁にとっては最初にして最後の「登山記」で、過酷《かこく》な登山を成し遂げたのである。「八日、月山にのぼる。木綿《ゆふ》しめ身に引きかけ、宝冠《ほうかん》に頭《かしら》を包み、強力《ごうりき》といふものに導《みちび》かれて、雲霧山気《うんむさんき》の中《なか》に氷雪《ひょうせつ》を踏んで登ること八里、更に日月行道《じつげつぎょうどう》の雲関《うんかん》に入るかとあやしまれ、息《いき》絶え身こごえて頂上に到れば、日《ひ》没して月顕《あらは》る。笹を敷き篠《しの》を枕として、臥《ふ》して明くるを待つ。日出《い》でて雲消ゆれば湯殿《ゆどの》に下る。」と記し、残雪の中を必死に登った様子を伝えている。月山に登っている最中、幾つもの雲の峰が崩れ去ったが、山頂では月が現れて登頂を祝《しゅく》してくれたと感謝する気持ちが伝わる。

101番、「語られぬ　湯殿にぬらす　袂《たもと》かな」

続く俳文は、「谷の傍《かたはら》に鍛冶《かぢ》小屋といふあり、この国の鍛冶、霊水を撰《えら》びて、ここに潔斎《けっさい》して剣《つるぎ》を打ち、終《つい》に月山《がっさん》と銘を切って世に賞せらる。かの龍泉《りゅうせん》に剣を淬《にら》ぐとかや、干将《かんしょう》・莫耶《ばくや》の昔をしたふ。道に堪能《かんのう》の執《しふ》あさからぬこと知られたり。岩に腰かけてしばし休らふほど、三尺ばかりなる桜のつぼみ半《なか》ばひらけるあり。降り積む雪の下に埋《うづも》れて春を忘れぬ遅桜《おそざくら》の花の心わりなし。炎天の梅花ここにかをるがごとし。行尊僧正《ぎょうそん》の歌の哀《あはれ》もここに思ひ出《い》でて、なほまさりて覚ゆ。惣《そう》じて、この山中の微細《みさい》、行者《ぎょうじゃ》の法式《ほうしき》として他言《たごん》することを禁ず。よって筆をとどめて記《しる》さず。」と語り、参拝した有り難さに涙して、袖の袂《たもと》で拭《ぬぐ》うのである。

102番、「暑き日を　海に入れたり　最上川《もがみがわ》」

　山泊も含め出羽三山に三泊した芭蕉翁と曾良は、左吉に伴われ庄内藩の城下町・鶴岡《つるおか》に入る。鶴岡では藩士で鶴岡俳諧の重鎮・長山重行《じゅうこう》(?―1707年)邸に招かれて三泊し、ささやかな句会も開催された。鶴岡からは、川舟で酒田へと下っている。酒田では医師で俳人の伊東不玉《ふぎょく》(1648―1697年)を尋ね不玉亭に二泊した後、象潟を見物した帰路には七泊もしている。不玉は当初、大淀三千風《みちかぜ》の門人であったが、芭蕉翁との交流で蕉門との関わりが深くなる。102番の発句は、解釈の難しい句で、初案の「涼しさや　海に入れたる　最上川」で、上五《かみご》を「暑き日」に変えたことで太陽をさしていることが理解できる。赤い夕陽が最上川によって運ばれ、河口から日本海に入る抽象的《ちゅうしょうてき》な描写である。芭蕉翁の耳には、夕日が沈む音まで聞こえたのかも知れない。

　芭蕉翁が酒田に来た最大の目的は、松島と並ぶ海浜の名勝であった象潟《きさかた》の「九十九《くじゅうく》島《しま》」を訪ねることであった。まずは象潟へと急いだようで、「江山水陸《こうざんすいりく》の風光《ふうこう》数を尽して、今象潟《きさかた》に方寸《ほうすん》を責《せ》む。酒田の湊より東北の方《かた》、山を越え磯を伝ひ、いさごを踏みて、その際《きわ》十里、日影やや傾くころ、汐風真砂《まさご》を吹き上げ、雨朦朧《もうろう》として鳥海の山かくる。」と名文を記している。河や山、海や陸などの風景を数々見て来た芭蕉翁は、今は象潟の風景に心が急《せ》き立てられた様子である。

標高2，236mの鳥海山《ちょうかいさん》は北東北の最高峰で、日本海に面して屹立《きつりつ》している。その姿が朦朧とした雨に隠れ、暗がりで手さぐりするように「雨もまた奇《き》なり」と、蜑《あま》(海士)の苫屋の中で晴れるのを待ったのである。西行法師が「世の中は　かくても経《へ》けり　象潟の　海士《あま》の苫屋を　わが宿にして」の和歌を想起しての雨宿りとなった。

103番、「象潟や　雨に西施《せいし》が　合歓《ねむ》の花」

象潟の旅籠に泊った翌日はよく晴れたようで、象潟に舟を浮かべて、「能因島《のういんじま》」に能因法師の旧跡を偲び、象潟島では西行法師の記念《かたみ》の桜を眺める。そして、島に建つ干満珠寺《かんまんじゅじ》(現在の蚶満寺《かんまんじ》)を詣でて、「この寺の方丈《ほうじょう》に座して簾《すだれ》を捲《ま》けば、風景一眼《いちがん》の中《うち》に尽きて、南に鳥海《ちょうかい》天をささへ、その陰《かげ》うつりて江にあり。西はむやむやの関路《みち》をかぎり、東に堤《つつみ》を築《きづ》きて秋田にかよふ道遥《はる》かに、海北《うみ》にかまへて波うち入るる所を汐越《しおこし》といふ。江《え》の縦《じゅう》横《おう》一里ばかり、俤《おもかげ》松島にかよひて、また異《こと》なり。松島は笑ふがこどく、象潟はうらむがごとし。寂しさに悲しみを加へて、地勢《ちせい》魂をなやますに似たり。」と象潟の印象を述べている。初日に雨の象潟を眺めた芭蕉翁は、可憐《かれん》に咲く合歓の花が気になったようで、ふと中国の眠れる美女・西施《せいし》を思い浮かべて、その憂いを句にした。松島と象潟を比較した言葉は、太平洋側と日本海側の気候《きこう》の違いもあって、冬の象潟は風が止む日は殆どない。

象潟が『おくのほそ道』では最北地となり、象潟の熊野神社の夏の祭礼《さいれい》を見物した後は、酒田に戻り不玉亭で一週間も寛いで長旅の疲れ癒《いや》している。俳文には、「酒田のなごり日を重ねて、北陸道《ほくりくどう》の雲に望む。遥々《ようよう》の思ひ胸をいたましめて、加賀《かが》の府まで百三十里と聞く。」と述べ、次ぎなる目的地である加賀金沢までの遠路に対し、暗澹《あんたん》たる思いを吐露《とろ》する。

104番、「荒海《あらうみ》や　佐渡によこたふ　天河《あまのがは》」

酒田から大山と温海《あつみ》でそれぞれ一泊し、鼠ケ関《ねずがせき》を越えて越後の国へと入る。村上の城下では、曾良が伊勢長島藩の藩士であった頃の縁で、知人がいたので旅籠に二泊しているが、芭蕉翁は紀行文に全く記していない。築地《ついじ》、新潟、弥彦《やひこ》と泊って、出雲崎《いずもざき》へと至る。ここで佐渡島《さどがしま》を初めて眺めて詠んだ句が、ここまでの道中で唯一の吟である。出雲崎では旅《りょ》宿《しゅく》大崎屋に泊り、佐渡島に架かる天の川を実際に見たかは定かではない。泊まった日は陰暦の七月四日なので、七夕《たなばた》の天の川ではないようだ。佐渡島といえば、日本海の荒々しい波が打ち寄せる流人《るにん》の島の暗いイメージがある。せめて七夕《たなばた》の夜だけは天の川が横たわり、ロマンチックな気分にさせて欲しいと思ったようである。即興《そっきょう》の句にしては素晴らしく、着想の豊かさには重ねて驚くばかりである。

105番、「一家《ひとつや》に 遊女《ゆうじょ》もねたり 萩と月」

出雲崎から鉢崎《はつさき》に一泊し、直江津《なおえつ》の港町に二泊する。象潟で知り合った行 商人《ぎょうしょうにん》で俳人の宮部低耳《ていじ》（生没年不詳）の紹介状を携え、地元俳人の句会に招かれている。越後高田《たかだ》の城下町でも旅籠屋に三泊し、地元俳人と交流している。そして、北陸一の難所である親知らず・子知らず・犬戻《いぬもどり》・駒返《こまがえし》の越え、一振《いちふり》に泊ったと、久々に筆に記した。

一振で泊ったのは旅宿桔梗屋《ききょうや》で、床に就いた芭蕉翁は、襖《ふすま》を隔てた隣りの部屋から女性二人と年老いた男の声を耳にする。女性は新潟から伊勢神宮に「抜参り《ぬけまいり》」に向う遊女で、男が一振まで送って来たと述べ、翌朝になると、「行方《ゆくへ》しらぬ旅路の憂《う》さ、あまりおぼつかなう悲しく侍《はべ》れば、見えがくれにも御跡《おんあと》をしたひ侍らん。衣《ころも》の上の御情《おんなさけ》に大慈《だいじ》の恵《めぐみ》をたれて結縁《けつえん》せさせ給へ。」と泪を落《おと》して芭蕉翁と曾良の慈悲に縋《すが》ったとある。それに対して、「不便《ふびん》の事と侍れども、我々は所 々《ところどころ》にとどまる方《かた》おほし。ただ人の行くにまかせて行くべし。神明《しんめい》の加護《かご》かならず恙《つつが》なかるべし。」と如何《いかん》ともし難い心情を述べている。この文は芭蕉翁の創作とされるが、実際の女性に目を向けたのは『おくのほそ道』では初めての記述で、その出会いを月と萩に重《かさ》ねたのである。西行法師が江口《えぐち》の遊女と和歌のやりとりをした逸話を意識してのことで、ここでは俳文に新たな遊女との出会いを伝えようとした。

106番、「早稲《わせ》の香《か》や　分け入る右は　有磯海《ありそうみ》」

一振からはほど近い一振の関を越えた芭蕉翁と曾良は、一五泊に及ぶ越後路から越中の国に入り、「黒部《くろべ》四十八が瀬とかや、数しらぬ川をわたりて那古《なご》といふ浦に出づ。」と記している。四十八ヶ瀬は、黒部川が河口付近で川筋が無数に分かれていることの形容である。那古の浦は、奈呉の浦と一般的に表記される歌枕の地で、現在の富山市新湊《しんみなと》である。有磯海は富山湾の古称で、現在では高岡市から氷見《ひみ》市にかけた一帯の海を指すようだ。早《そう》熟《じゅく》した稲の香る田んぼの道を分け行くように進むと、右側に歌枕で知られる有磯海が見えたことに感動《かんどう》して詠んだ句である。

107番、「塚《つか》も動け　我が泣く声は　秋の風」

高岡に一泊し、卯《う》の花山（源氏山）・くりからが谷（倶利伽羅峠《くりからとうげ》）を越え、待ちに待った加賀の国金沢へと入る。金沢では京屋吉兵衛の旅籠に一泊し、宮竹屋喜左衛門の旅籠に八泊している。旅籠では、大阪で薬問屋を営む何処《かしょ》（?—1731年）と出会ったことを記し、何処から金沢の情報を得ている。蕉門で俳諧を学んでいた小杉一笑《いっしょう》（1652—1688年）が昨年、早世したことを知る。その追善で詠まれた句で、塚（墓）が動いて蘇《よみがえ》って欲しいと願い、吹き荒れる秋風の音は私の嘆《なげ》き声と詠んでいる。

108番、「あかあかと　日《ひ》はつれなくも　秋の風」

金沢に滞在中は、曾良が体調を崩《くず》したこともあって、四日間は外出もしないで静養している。一笑の追善句会の他にも地元の俳人に招かれて句会に出席し、刀研《かたな》ぎ師の立花北枝《ほくし》（?—1718年）と知り合う。北枝は加賀蕉門の重鎮となった人物で、芭蕉翁の案内役を担い、小松や山中温泉の俳諧仲間を紹介している。有名なこの句は、金沢か小松に向かう道中吟《どうちゅうぎん》で、真っ赤な日が照り続けて残暑が厳しいけれど、時折《ときおり》涼しい初秋の風が吹いてると詠じた。

１０９番、「むざんかな　甲《かぶと》の下の　きりぎりす」

小松の多太《たた》神社を詣でた芭蕉翁は、神社で宝物の兜《かぶと》を拝見し、神社の由緒《ゆいしょ》を述べた後《のち》、工芸美術評論家のような感想を記している。「実盛《さねもり》が甲《かぶと》・錦の切れあり。その往昔《そのかみ》、源氏に属《しょく》せし時、義朝《よしとも》公より賜《たま》らせ給《たま》ふとかや。げにも平士《ひらさむらひ》のものにあらず。目庇《まびさし》より吹返《ふきかへ》しまで菊唐草《きくからくさ》の彫りもの金《こがね》をちりばめ、龍頭《たつがしら》に鍬形《くはがた》打ったり。実盛討死《うちじに》の後《のち》、木曽義仲願状《よしなかがんじょう》に添へて、この社《やしろ》にこめられ侍るよし、樋口《ひぐち》の次郎が使《つかひ》せし事ども、まのあたり縁起に見えたり。」と記している。後《あと》に続く句は、斎藤実盛（１１１１―１１８３年）が、木曽義仲（１１５４―１１８４年）に討ち取られた往時を偲び詠んだもので、兜の下のキリギリスが哀愁を帯《お》び鳴くのである。

１１０番、「石山《いしやま》の　石より白し　秋の風」

小松を立った芭蕉翁、曾良、北枝の三人は、本文では山中温泉に向かう途中に那谷寺《なたでら》を訪ねたことになっているが、実際は曾良と山中温泉で別れ、小松に再び戻る途中に北枝と参拝している。「石山」は近江大津の石山寺《いしやまでら》で、境内の硅灰石《けいがいせき》よりも那谷寺の凝灰岩《ぎょうかいがん》の方が白いと比較している。加賀では、下五《しもご》に「秋の風」を入れた句を三句も詠んでいる。それぞれの風は異なっていたようで、西国《さいごく》三十三ヶ所観音霊場でもある那谷寺の秋風は歴史を運ぶ風だったようだ。

111番、「山中や 菊は手折《たを》らぬ 湯の匂」

山中温泉では、「温泉に浴す。その効有馬《ありま》に次《つ》ぐといふ。」と、詞書をして句を載せている。この山中温泉では、菊を薬用として手折《てお》ることはなく、温泉の匂いが菊の香りよりも延命《えんめい》に効くそうであると詠んだ。那須湯本温泉は一泊、飯坂温泉では良い印象がなく、鳴子温泉は素通りしているので、芭蕉翁は温泉をあまり好まなかったと邪推《じゃすい》したが、山中温泉では泉屋という宿屋に八泊しているので、温泉の効用を知っていて湯治《とうじ》にも興味はあったようだ。

本文には宿屋の主人は長谷部久米之助《はせべくめのすけ》（1676―1751年）という一四歳の小童《しょうどう》で、先代は俳諧を好み、京からここに来た若輩の頃の俳諧師・安原貞室《ていしつ》（1610―1678年）を風雅な俳諧を知らぬ俳諧師と恥ずかしめた逸話を紹介している。芭蕉翁は新弟子となった久米之助に、慣例である「桃」の一字から「桃妖《とうよう》」の俳号を与えている。

山中温泉では、腹痛に苦しむ曾良の静養《せいよう》を兼ねての長逗留《ながとうりゅう》となるが、結局、曾良は芭蕉翁と別れ、ゆかりの地である伊勢長島へと先行《せんこう》することになる。芭蕉翁が向かう先の宿の手配、芭蕉翁の現在の様子を大垣の門人たちに伝える目的であったと思うが、北枝が連れ添っていたので心配《しんぱい》はないと曾良は思ったようだ。

１１２番、「今日よりや　書付《かきつけ》消さん　笠の露」

山中温泉で芭蕉翁と別れる際、曾良は「行き行きて　倒《たお》れる伏すとも　萩の原」の句を残して去った。師と別れて途中で野垂《のた》れ死になるとも、萩の咲く野原であれば満足して死ねると詠んでいる。その句に答《こた》えるように、芭蕉翁は「行く者の悲しみ残る者のうらみ、隻《せき》鳧《ふ》の別れ雲に迷うがごとし。」と詞書をして句に思いを記した。「隻鳧《せきふ》の別れ」は、一羽のケリ（チドリ科）が南北に別れて飛び去ることで、北宋の蘇軾《そしょく》（１０３６―１１０１年）の漢詩の引用と思われる。深川を立った今日まで、一二六日間を共に歩んだ来た曾良、共に笠に記した「同行二人《どうぎょうににん》」の文字も朝露で消す時が来たようだと詠ずる。

113番、「庭掃《は》いて 出《い》でばや寺に 散る柳」

山中温泉から小松に戻り二泊し、大聖寺《だいしょうじ》(現在の加賀市)の全昌寺《ぜんしょうじ》に泊まる。全昌寺は曹洞宗の寺で、山中温泉の泉屋の菩提寺でもあった。住職は久米之助の叔父で、昨夜は曾良も泊まって、「終宵《よもすがら》 秋風聞くや 裏の山」の句を残したと記し、「一夜の隔千里《へだてせんり》に同じ。吾《われ》も秋風を聞きて衆寮《しゅりょう》に臥《ふ》せば、あけぼのの空近《ちこ》う読経《どきょう》声澄《こえす》むままに、鐘板《しょうばん》鳴って食《じき》堂《どう》に入る。」と、寺の僧寮に泊まった印象を述べている。寺に泊まった客人《きゃくじん》や旅人《たびびと》は、部屋や庭の掃除をする習わしがあった。出立に際して庭の掃除をしていると、柳が散る様子が目に映ったようだ。若い僧たちが紙と硯《すずり》を持って追いかけ来たので、即興で書き残した句である。

114番、「物書きて 扇《おうぎ》引きさく なごりかな」

加賀と越前の境にある吉崎《よしざき》の来た芭蕉翁と北枝は、入江で舟に乗って「汐越《しほこし》の松」を訪ねる。西行法師の和歌にも詠まれた名所で、芭蕉翁は和歌に敬意《けいい》を払い、自分の句は詠んでいない。丸岡の城下に一泊し、松岡の天龍寺《てんりゅうじ》の長老・大夢《だいむ》和尚(生没年不詳)を尋ねる。

その前に金沢から寄り添ってくれた北枝と、茶屋で別れることになる。夏が過ぎて、毎日使っていた扇《おうぎ》も不要となったが、そこに何かを書いて想い出にしたいものである。しかし、その扇を二つに引き裂《さ》くのも辛《つら》い別れであると詠んだ。

天龍寺の大夢和尚は、江戸品川の天龍寺に住持《じゅうじ》したことがあって、その時に芭蕉翁と交流があったようだ。天龍寺からは大本山である永平寺《えいへいじ》を参拝し、福井に単身で入っていない。

福井では俳諧師の神戸等栽《かんべとうさい》（生没年不詳）を尋ねる。等栽は「洞哉《とうさい》」が正式な俳号であるが、芭蕉翁が漢字を誤記《ごき》したため、等栽の名が一般的となった。等栽は約一〇年前、江戸に出た折に芭蕉庵を訪問している。芭蕉翁は等栽を古き隠士《いんじ》と紹介し、「いかに老いさらぼひてあるにや、はた死にけるにやと人に尋ね侍れば、いまだ存命《ぞんめい》してそこそこと教ふ。市中ひそかに引き入りて、あやしの小家に夕顔《ゆうがお》・へちまの延《は》えかかりて、鶏頭《けいとう》・帚木《ははきぎ》に戸ぼそをかくす。さては、このうちにこそと門《かど》を扣《たた》けば、侘《わび》しきげなる女の出《い》でて、いづくよりわたり給ふ道心《どうしん》の御坊《ごぼう》にや。あるじは、このあたり何某《なにがし》といふ者の方《かた》に行きぬ。もし用あらば尋ね給へといふ。」と記していて、等栽の消息を案じながらも、等栽宅の様子を細やかに見ている芭蕉翁の目は、清貧《せいひん》の暮らしに甘んじる等栽に憧れを抱いているように感じられる。等栽の妻からは、修行僧と勘違いされるほど僧形《そうぎょう》が板に付いたようである。

等栽と再会した芭蕉翁は、等栽宅に二泊して次の目的地である敦賀《つるが》へと旅立つ。等栽も敦賀まで同伴しようと、着物の裾《すそ》をおかしな風に帯にまくり上げて、「道案内《みちあんない》しましょう」と、うきうきとした様子で一緒に家で出たと述べている。

115番、「月清し　遊行《ゆぎょう》の持てる　砂の上」

福井からは北陸道の鯖江《さばえ》・武生《たけふ》(府中)を進み、歌枕にもなっている山々を眺め、今庄《いまじょう》に一泊してから旧北国街道の木ノ芽《きのめ》峠《とうげ》を越えて敦賀へ入っている。敦賀では出雲屋弥市《やいち》郎《ろう》(生没年不詳)の旅籠屋に二泊するが、その主人に誘われて気比《けい》の明神(気比神社)を夜参《やさん》する。この日は陰暦の八月一五日、敦賀で仲秋《ちゅうしゅう》の名月を眺めることを楽しみにしていた。

「月清し」は、仲哀天皇《ちゅうあいてんのう》(生没年不詳)を祀る境内の清浄《せいじょう》さに月も清らかに見えることを意味する。「遊行」は、遊行宗《ゆうぎょうしゅう》(時宗《じしゅう》)の第二世・他阿《たあ》上人(1237―1319年)をさし、上人は参道を整え清めようと、土石を担《にな》い、白砂を手運《てはこ》びした逸話を詠んでいる。

116番、「名月や　北国日和《ほっこくびより》　定めなき」

本文の詞書には、「十五日、亭主の詞《ことば》にたがはず雨降る。」とあって、名月の鑑賞は叶わなかったようだ。北陸の天気はあてにならず、期待外《きたいはず》れの思いを詠んでいる。しかし、「雨もまた奇なり」と象潟で述べた言葉のように、雨で見えない月であっても、率直《そっちょく》に自分の感じた思いを句に詠んだのは、風雅に関しては虚飾《きょしょく》をしない、芭蕉翁らしい偽りのない心境と思う。前夜には、「月殊《こと》に晴れたり」と記し、「越路《こしぢ》の習ひ、なほ明夜《めいや》の陰晴《いんせい》はかりがたし」と言っているので、それなりに満足したと思う。

117番、「波の間や　小貝《こがい》にまじる　萩の塵《ちり》」

翌日の一六日はよく晴れて、地元の俳人で回船問屋を営む天屋玄流《あまやげんりゅう》（生没年不詳）に誘われて、「種《いろ》（色）の浜」へと敦賀から海上七里（実際は四里）を舟で向かっている。弁当箱の破籠《わりご》、酒を入れた小竹筒《こさえ》など細やかに用意させ、玄流の家僕《かぼく》（使用人）も数多《あまた》舟に乗ったと述べている。まるでピクニックに出かける快活《かいかつ》さが感じられ、芭蕉翁の喜び勇《いさ》む姿が見えるようだ。

「浜はわづかなる海士《あま》の小家にて、侘しき法華寺《ほっけでら》あり。ここに茶を飲み酒をあたためて、夕ぐれのさみさ感に堪へたり。」と述べて二句を載せ、「その日のあらまし等栽に筆をとらせて寺に残す。」と記した。「侘しき法華寺」は日蓮宗の本隆寺《ほんりゅうじ》で、その夜は寺に一泊している。色の浜に打ち寄せる波の間に小貝が散らばっているが、よく目を凝《こ》らして見ると、萩の花びらも交じっていて、海の底にも秋の到来を感じると詠じた。この句の他にも小貝《こがい》と萩を題材にした句があって、「小萩ちれ　ますほの小貝　小杯《さかづき》」の句は、等栽が書いた『松尾芭蕉色ヶ浜遊記《ゆうき》』に記され寺宝として残されている。芭蕉翁は色の浜では、西行法師についいては触れていないが、「汐《しお》そむる　ますほの小貝　拾《ひろ》ふとて　色の浜とは　いふにあるらん」の和歌を踏まえての発句である。

敦賀に戻った芭蕉翁は、玄流亭に泊まったと思われるが、等栽は福井に帰り、入れ替わるように斎部路通《ろつう》が迎えに来ている。路通は曾良の知らせを受けて駆け付けたようで、翌日は越前の国から西近江街道を近江の国に入り、塩津《しおつ》街道の木之本《きのもと》に泊まったと推定される。曾良の『旅日記』には、山中温泉で芭蕉翁と別れてからの足跡を記しているので、その後の芭蕉翁の行動《こうどう》の参考となる。

木之本からは北国脇往還《わきおうかん》から関ヶ原に入ったか、曾良と同様に長浜・彦根を経由して関ヶ原に入ったかは不明であるが、美濃の大垣《おおがき》に至る前日は北近江に一泊しているのは明らかである。

元禄《げんろく》二年（１６８９年）八月二〇日（陰暦）、陽暦では一〇月三日。馬に跨《またが》って颯爽《さっそう》とした姿で、『おくのほそ道』のむすびの地・大垣に入っている。旅行日数は一四一日（約五ヶ月）、旅行距離は６００里（約２、４００㎞）に及び、拍手喝采《はくしゅかっさい》で出迎えられたと想像する。到着した日は、元大垣藩士で大垣蕉門の近藤如行《じょこう》（？—１７０８年）邸が、旅行達成を祝福する会場となった。その様子を「曾良も伊勢より来《き》り合ひ、越人も馬をとばせて如行が家に入り集る。前川子《ぜんせんし》・荊口《けいこう》父子、そのほか親しき人々日夜《にちや》訪《とむら》ひて、蘇生《そせい》の者に会うがごとく、且つ悦《よろこ》び且ついたはる。」と万感《ばんかん》の思いを述べている。津田前川《ぜんせん》（生没年不詳）は大垣藩詰頭《づめがしら》で、子の宮崎荊口（？—１７２５年）も大垣藩士であった。大垣蕉門では、『野ざらし紀行』の旅で世話になった谷木因《もくいん》の名が見えない。『おくのほそ道』の推敲の段階で削除した可能性が高い。木因は芭蕉翁の新風に馴染《なじ》めず、疎遠《そえん》となっていた時期がある。

１１８番、「蛤《はまぐり》の　ふたみにわかれ　行く秋ぞ」

大垣には一六日も滞在し、『おくのほそ道』の土産話《みやげばなし》を曾良を交えて門人や知人に語ったと推察する。大垣蕉門の句会にも出席して発句を詠んでいる。本文の最後には、「旅のもの憂《う》さもいまだやまざるに、長月《ながつき》六日になれば、伊勢の遷宮拝まんと、また舟にのりて、」と詞書して結びの句を詠んでいる。「ハマグリを焼くと、殻《から》と身《み》が二つにわかれるように、大垣の人々と別れるのが辛い。それでも私は旅人なので、伊勢の二見浦《ふたみうら》にわかれた二身《ふたみ》を連れて秋を旅したい。」と詠んだと解釈する。

大垣からは舟で曾良らと旅立っているが、回船問屋の木因も伊勢長島へ同行している。曾良の故地《こち》である伊勢長島の大智院《だいちいん》に宿《やど》り、新たな旅を続ける。江戸深川を舟で旅立ったように、偶然とは言え、曾良と再び舟に乗ったことに芭蕉翁のみならず、その旅を見続《みつづ》けて来た読者は、胸が打たれて涙がこぼれる。涙と言えば、芭蕉翁も『おくのほそ道』では随分と泣いている。千住での別れに際しての涙、飯坂での賢妻《けんさい》の故事に対する涙、多賀城の壺碑《つぼのいしぶみ》を眺めての涙、平泉の歴史を回顧《かいこ》しての涙、湯殿山で御神体《ごしんたい》を拝んでの涙、金沢では一笑《いっしょう》の死を知っての涙と、多くの涙を流しているが、大垣での別れには涙がない。芭蕉翁の涙腺《るいせん》は今後の旅のため、一時休止しているように見える。多少の誇張《こちょう》はあるものの、「もののあはれ」に対する風流な涙に感じる。

(11)

近《きん》畿《き》遍《へん》歴《れき》

大垣を立ってからは伊勢神宮を参拝し、郷里の伊賀上野に立ち寄って更に大津で越年《えつねん》している。京や大阪の近畿地方を遍歴し、江戸に戻ったのは、『おくのほそ道』に旅立ってから三年後のことであった。『おくのほそ道』を終《お》えて、江戸に戻る期間を私は、「近畿遍《きんきへん》歴《れき》」と名付けて、その後の芭蕉翁の足跡を追って、『「芭蕉学」のすすめ』を綴《つづ》ってゆきたい。

119番、「うきわれを 淋《さみ》しがらせよ 秋の風」

詞書に「伊勢の国長島大智院《だいちいん》に信宿《しんしゅく》ス」とあって、曾良が腹痛を療養した真言宗の寺である。住職の深泉良成《りょうせい》(?—1697年)は、曾良の叔父《おじ》で俳諧にも通じていた。大智院には三泊して句会も開催された。その時の発句であるが、加賀の国の「秋の風」が伊勢の国でも吹き続いていて、多くの人々の歓迎を受けて浮足《うきあし》立った自分を孤独《こどく》で冷静な自分に変えて欲しいと願った。

伊勢長島から芭蕉翁、曾良、路通の三人が伊勢神宮に到着したのは九月一三日で、内宮《ないぐう》の式年遷宮《しきねんせんぐう》は九月一〇日に終えていた。大垣の九月六日の出立《しゅったつ》を早め、伊勢長島で秋の風に吹かれる日時《にちじ》を短縮すれば、内宮の遷宮参拝は間に合った思われる。しかし、風任《まか》せの旅が芭蕉翁の風流であり、目の前に花が咲いていれば立ち止まり、鳥の声がすれば耳を傾けるのである。

120番、「たふとさに　みなおしあひぬ　御遷宮《ごせんぐう》」

九月一三日の外宮《げぐう》の式年遷宮は何とか参拝できたようで、その時の様子を詠んでいる。芭蕉翁の外宮の参拝は五年ぶりとなった。それが二〇年に一度の遷宮とあれば、格別《かくべつ》の思いで新しい社殿を拝したと思われる。外宮に祀られた「豊受大神《とようけのおおかみ》」の尊い御神前《ごしんぜん》に、参拝する人々が押し合いとなっている。御遷宮ならではの人出《ひとで》で、万人《ばんにん》が平等に外宮に加護されていると感じたようだ。伊勢神宮の参拝には、曾良と路通の他に坪井杜国、貝増卓袋《かいますたくたい》（1659―1706年）、李下も同行している。

伊勢神宮の参拝後は、曾良は体調不良で伊勢長島に戻り、杜国も保美《ほび》に帰っている。卓袋は伊賀上野の糸商人で、路通と一緒に伊賀上野に先行した。残された江戸の李下は、芭蕉翁と二見浦に赴き、伊賀上野へと帰郷している。『おくのほそ道』の行脚《あんぎゃ》は、伊賀蕉門の人々も知っていて、芭蕉翁の元気な姿を見たいと願っていたので、先ずは帰郷を優先《ゆうせん》したようだ。伊賀上野に向う伊賀街道の手前の久居《ひさい》に泊っている。久居は芭蕉翁が初めて江戸に出た際、同行した向井卜宅《ぼくたく》の故地《こち》で、縁者がいたと思われる。

121番、「枝ぶりの　日ごとにかはる　芙蓉《ふよう》かな」

伊賀上野に到着する前に何句が詠んでいるが、フヨウの花を題材にしたのは、この一句だけである。九州蕉門の坂本朱拙《しゅせつ》（1653—1733年）が編集した『おくれ馳《ばせ》』の中にある。フヨウは赤い花を咲かせる低木で、朝咲いて夕方には萎《しぼ》んでしまう。毎日変わる枝ぶりまで注目した芭蕉翁の観察力は、並の俳人にはない凄《すご》さを感じさせる句である。

伊賀上野に二年ぶりに帰郷した芭蕉翁は、門人や知人たちの暖《あたた》かい歓迎を受ける。曾良も伊勢長島から江戸に向う途中に立ち寄っている。門人で藤堂家の家臣の小川風麦《ふうばく》（?—1700年）と友田 良品《りょうぼん》（1666—1730年）、陪臣《ばいしん》の山岸半残《はんざん》（1654—1726年）、元家臣の服部土芳《どほう》などの邸宅でそれぞれ句会が催された。いずれも武士や元武士であったことを考えると、芭蕉翁も同じく藤堂家の陪臣であった。その句会の中で印象に残る発句が、元禄《げんろく》二年一一月一日の良品亭での俳諧歌仙《かせん》にある。

122番、「いざ子ども　走《はしり》ありかむ　玉霰《たまあられ》」

この句は友田梢風《しょうふう》（1669—1758年）の『智周《ちしゅう》発句集』に記載されている。梢風は風麦の娘で良品の妻、女流俳人として松風《しょうふう》や智周尼《ちしゅうに》の別号もあった。良品亭に招かれた芭蕉翁は、友田家の子供たちの姿を見て詠んだと想像する。玉のような霰が降って来て、「さあ子供たちよ、外で元気に走り回って遊べ」と言い聞《き》かせたのである。

子供を題材として句は他にも色々あって、江戸時代後期の名僧・良寛《りょうかん》和尚（1758―1831年）と重なる一面もある。

123番、「初雪に　兎《うさぎ》の皮の　髭《ひげ》つくれ」

詞書には「山中の子供と遊ぶ」と題し、坪井杜国に宛てた「書簡」にある。初案の句の上五《かみご》は「雪の日」で、向井去来《きょらい》の『去来抄』に載録され、宝井其角《きかく》の『いつを昔』では「雪の中」となっている。三つの上五を比較して選ぶとすれば、「初雪に」を撰びたい。子供にとって初雪は季節の宝物ようなもので、ウサギの雪像《せつぞう》全体は芭蕉翁が作り、子供らが着ているウサギの皮のチョキで髭を付けたらどうかと言っているように感じられる。童心《どうしん》に帰って一緒に遊ぶ芭蕉翁の姿が見えるようだ。

伊賀上野には一〇月初旬から一二月下旬まで滞在し、路通を伴って近江大津に向かっている。大津では義仲寺《ぎちゅうじ》の無名庵《むみょうあん》に滞在する。この頃は既に近江蕉門が形成されていて、古参で医師の江左尚白《えさしょうはく》(1650―1722年)、芭蕉翁と最も親交のあった荷問屋を営む川合乙州《おとくに》、金銭面で芭蕉翁を援助した膳所《ぜぜ》藩士の菅沼曲水《すがぬまきょくすい》(1659―1717年)などがいた。

124番、「何《なに》に此《この》 師走《しわす》の市《いち》に ゆくからす」

この句は宝井其角の編んだ『花摘《はなつみ》』にある句で、「何《なん》で師走になると、人々は市場にカラスの群れのように買い物にゆくのだろう」と解釈される。違った見方をすると、市場にはカラスの餌《えさ》となる生ごみが出るので、市場へと飛ぶカラスの姿が目に映ったのであろう。自分自身が世俗《せぞく》の風習に迎合《げいごう》するカラスの姿と内心は思ったかも知れない。

無名庵で越年した芭蕉翁は、元禄《げんろく》三年(1690年)正月三日には、再び伊賀上野に戻り、三月頃まで滞在する。藤堂家重臣の西島百歳《ひゃくさい》(1668―1705年)の邸宅で句会が催され、小川風麦《ふうばく》亭でも花見の歌仙が興行された。

125番、「木《こ》のもとに 汁も鱠《なます》も 桜かな」

風麦亭での歌仙の発句で、近江蕉門の浜田洒堂《しゃどう》(?―1737年)が編集した『ひさご』

に収められている。花見の宴で詠んだの句で、「汁も鱠も」は、何もかもという意味の慣《かん》用句《ようく》のようである。現在でも愛知県海津市《かいづ》の千代保稲荷《ちよほいなり》神社の門前では、鱠の料理店がたくさんあって、伊賀上野でも鱠は最高料理として好まれたようだ。桜木《さくらぎ》の下の宴席には、どこもかしこも花びらが散って、桜一色に染まる光景をこの世の「極楽浄土《ごくらくじょうど》」のように詠んでいる。

伊賀上野に滞在中、愛弟子《まなでし》の坪井杜国(万菊丸)が三河の保美《ほび》で死去した悲報を受け涙している。杜国がいなかったら『笈の小文』の吉野山、高野山での名句は詠まれていなかっただろう。芭蕉翁の旅は、人との出会いを大切にする旅であったことを痛感《つうかん》する。三月末には大津に戻り、膳所の浜田洒堂を尋ねて寄寓《きぐう》し、門人たちと唐崎《からさき》の湖上で舟遊《しゅうゆう》している。

126番、「行春《ゆく》を　近江の人と　おしみける」

初案の句の中七《なかしち》は、「あふみの人」とひらがなで表記されているが、向井去来と野沢凡兆が共編した『猿蓑《さるみの》』には、「近江」と漢字で記されている。芭蕉翁の句の素晴らしは、漢字とひらがなのバランス感覚にある。下五《しもご》を「惜しみける」と漢字に置きかえると、かたくるしい句となってしまう。ひらがなには柔らかさや分かり易さがある。しかし、近代歌人の会津八一《あいづやいち》（1881―1956年）の短歌のように、ひらがなだけの表記ではかえって詠みづらい。琵琶湖《びわこ》の湖上で詠んだ句であるが、小学生でも理解できる句で、うららかな春が過ぎ去ることを惜しむと共に、近江の門人に対する情愛《じょうあい》も伝わる。

127番、「先《ま》づたのむ　椎の木も有《あり》　夏木立《なつこだち》」

芭蕉翁は四月六日から七月二三日まで国分山《こくぶやま》の幻住庵《げんじゅうあん》に滞在する。幻住庵は菅沼曲水の叔父の草庵で、叔父の死後は廃屋《はいおく》となっていたが、曲水が修復《しゅうふく》して芭蕉翁に提供した。句は入庵した早々の作で、山の夏木立の中に大きなシイの木があって、安住する場所には頼《たの》もしく思ったようである。しかし、山の中の暮らしは楽なものではなく、日用品に事欠《ことか》き、曲水の弟・高橋怒誰《どすい》（?―1743年）には筆、浜田洒堂には提灯とローソク、他の門人には打紙《うちがみ》・短冊・煙草・下駄などを求めている。

幻住庵では、有名な『幻住庵の記』の随筆《ずいひつ》を執筆していが、その中に記された句は127番の一句だけである。随筆の詳細は省略するが、草庵の場所や経緯、これまでの人生の回想、琵琶湖の湖東《ことう》を訪ねたこと、幻住庵の名の由来などを述べている。最後の記《き》述《じゅつ》には、芭蕉翁の人生観が語られているので記載する。

「かく言へばとて、ひたぶるに閑寂を好み、山野に跡を隠さむとにはあらず、やや病身、人に倦《う》んで、世をいとひし人に似たり。つらつら年月の移り来し拙《つたな》き身の科《とが》を思ふに、ある時は任官懸命の地をうらやみ、一たびは佛籬祖室《ぶつりそしつ》の扉に入らむとせしも、たどりなき風雲《ふううん》に身をせめ、花鳥に情を労じて、しばらく生涯のはかりごととさへなれば、つひに無能無才にしてこの一筋《ひとすじ》につながる。」と述べ、「楽天《らくてん》は五臓の神《しん》を破り、老杜《ろうと》は痩せたり、賢愚文質《けんぐぶんしつ》の等しからざるも、いづれか幻の住みかずやと、思ひ捨てて臥《ふ》しぬ。」と、『笈の小文』の序文と共通する一面が感じられる。難しい用語としては、「佛籬祖室」は仏門の禅室《ぜんしつ》、「楽天」と「老杜」はいずれも唐代の詩人・白居易《はくきょい》（白楽天）と杜甫、「賢愚文質」は四字熟語ではなく、賢い者、愚かな者、学識者に区分される。芭蕉翁は、自分自身を隠《いん》士《し》とは認めず、少し病弱で、人付《ひとづ》き合いに飽きて、世の中が嫌になった人と似ていると述べている。「つらつら」からの文面は、「いたずらに歳月を過ごしたのは自分の責任で、武《ぶ》官《かん》として懸命に領地を守る人を羨《うらや》み、仏門に入って禅僧になることも考えたが、風雲に身をしずめ、花鳥風月《かちょうふうげつ》に心情を注ぐことが生涯の夢となり、何ら才能も芸もなく、ただ俳諧が一筋の道である。白居易は五臓（肝臓《かん》・心臓《しん》・脾臓《ひ》・肺臓《はい》・腎臓《じん》）の器官が弱まるほど詩作に悩み、杜甫は痩《や》せ衰えるほどに詩作に苦しんだ。賢い人と愚かな人、学識のある人といるように人は等しくはないのであるが、いずれかは幻の人生に終《おえ》る仮の住処《すみか》なので、深く考えずに寝ることにしよう。」と解釈する。

１２７番、「頓《やが》て死ぬ　けしきは見えず　蝉の声」

芭蕉翁が幻住庵に居る時、『おくのほそ道』で金沢を訪ねた折りに入門した元加賀藩士の秋之坊《あきのぼう》(生没年不詳)が尋ねて来る。その時に「無常迅速《むじょうじんそく》」と詞書して秋乃坊に与えたとされ、『猿蓑』に収められている。蝉は土中で約七年を過ごし、地上で七日間生きるとされる。木によじ登り蛹《さなぎ》から脱皮《だっぴ》すると、日中は空を滑空し、木の上で力の限り鳴き続ける。蝉の地上での儚《はかな》い命は、諸行《しょぎょう》無常と生命の迅速さそのものので、蝉はまもなく死ぬ身の定《さだ》めを意識していないだろうと詠じた。幻住庵では毎日のように蝉の声を聞き、『おくのほそ道』の山寺で、一時的に聞いた蝉の声とは赴《おもむ》きや次元が異なる。芭蕉翁自身も自分の死と重ね合わせたようで、死んで行く景色《けしき》は自分に見えないことを想起させる。

１２８番、「名月や　海に向かへば　七小町《ななこまち》」

幻住庵の生活を約三ヶ月半でリタイヤした芭蕉翁は、無名庵に再び入り、八月には門人たちと十五夜《じゅうごや》の名月を鑑賞している。琵琶湖の名月に感動したのか、この時は名月(明月)を上五とした句を三句も詠み二度も推敲している。向井去来の甥・伊藤風国《ふうこく》(?―1701年)が元禄《げんろく》九年(1694年)に刊行した『初蝉《はつぜみ》』にある句を選んだ。海は琵琶湖で、「七小町」は、歌人で絶世の美女と伝説された小野小町《おののこまち》(生没年不詳)の生涯を七つに分けて謡曲化《ようきょくか》したもので、この当時流行《はや》っていたようだ。湖面に漂い変化する月の光りを小町の姿に例《たと》えたもので、そこに芭蕉翁のイメージする小町像を眺めたのであろう。小町を詠んだ句は殆どなく、『猿蓑』に「さまざまに　品《しな》かはりたる　恋をして」と凡兆《ぼんちょう》が詠み、「浮世の果ては　皆《みな》小町なり」と芭蕉翁が脇句《わきく》を付けている。

129番、「病雁《びょうがん》の　夜さむに落《おち》て　旅ね哉」

芭蕉翁は九月になると、堅田の本福寺《ほんぷくじ》住職・三上千那《せんな》(1650―1723年)を尋ねている。しかし、風邪をこじらせて寝込んでしまい、二週間近く滞在することになる。句はその時の病中吟《びょうちゅうぎん》で、近江八景の一つ「堅田落雁《かただのらくがん》」を念頭に詠んでいる。ここでの「落雁」は、ガンの一群が湖水に舞い降りる情景《じょうけい》を指すが、「病雁」は、北に向かって飛び立つ群れの中には、寒さで衰弱して湖水に落ち力尽《ちからつ》きるガンを指している。自分も似たような境遇で、旅路の床《とこ》に臥せっている様子を重ねたようだ。

130番、「きりぎりす　わすれ音《ね》になく　こたつ哉」

病気が回復すると、無名庵に一旦《いったん》は戻ったものの、すぐさま京に上っているが、一泊しただけで九月三〇日には伊賀上野に帰郷する。一〇月に商人の松本氷固《ひょうこ》(?—1734年)亭に招かれ、歌仙一折《ひとおり》が興行された。その時の発句で、服部土芳の著作『芭蕉全伝』にある。氷固は芭蕉翁のために暖かい炬燵《こたつ》を用意してくれたようで、もう初冬になっているのに炬燵の中では忘れ去られたキリギリスが鳴いていると詠じた。キリギリスは「コオロギ」の古称で、和歌の題材にもされる「鈴虫《すずむし》」と同種の昆虫である。しかし、芭蕉翁は鈴虫の句を全く詠んでおらず、キリギリスの句が多いのが不思議《ふしぎ》に思われる。

132番、「から鮭《ざけ》も　空也《くうや》の痩《やせ》も　寒《かん》の内《うち》」

伊賀上野から再び京に上った芭蕉翁が一一月頃に詠んだ句とされ、『猿蓑』に載録された。「から鮭」は内臓を取って日干《ひぼ》しにしたサケの保存食である。「空也」は念仏聖《ねんぶつひじり》の空也上人(903—972年)のことで、東山の六波羅密寺《ろくはらみつじ》には肋骨《ろっこつ》が透けるほど痩せた空也像《くうやぞう》が

同化《どうか》させている。

ある。上人は寒中修行の先駆《さきが》けとしても知られ、から鮭は冬の風物詩なので寒さと痩せを

１３３番、「梅若菜《うめわかな》　まりこの宿《しゅく》の　とろろ汁」

京の寒さから逃《のが》れた芭蕉翁は、一二月末には大津に入って川合乙州の新宅で越年する。明けて元禄《げんろく》四年（１６９１年）、芭蕉翁は四八歳の春を迎える。乙州が江戸に赴くことになって、餞別《せんべつ》の句会が催される。乙州のために詠んだ句で、『猿蓑』に収められた名句である。鞠子宿《まりこしゅく》（丸子宿）は東海道五十三次の二〇番目の宿場で、「とろろ汁」が名物料理であった。道中の鞠子宿では梅が咲き、若菜が芽吹《めぶ》く季節となっているであろう。そこでとろろ汁でも食べて元気を付けて江戸に向かって下さいと詠じた。「梅若菜」には、ご飯に添えられる梅干しと若菜の漬物《つけもの》を指しているようにも感じられる。

１３４番、「呑明《のみあけ》て　花生《はないけ》にせん　二升樽《にしょうだる》」

大津から再び伊賀上野に戻り、二月には奈良の薪能《まきのう》を見物するため出向き、再び伊賀上野に戻る慌《あわ》ただしい日々を過ごしている。そんな折、尾張の門人から濃酒《こさけ》一樽と木曽のう

ど（山菜）・茶一種が贈られた。濃酒は一夜醸造の甘酒で、36リットルの小さな樽に入っていた。芭蕉翁は早速《さっそく》門人たちを集めて振る舞わった。樽が空になると、花入れにしようと吟じた。この句は服部土芳の『蕉翁《しょうおう》句集』に記載されていて、芭蕉翁の奇抜《きばつ》な発想と弾《はず》んだ気持ちが伝わるような句である。

135番、「しばらくは 花の上《うへ》なる 月夜かな」

この句は伊藤風国《ふうこく》（?—1701年）の『初蝉』に、元禄《げんろく》四年（1691年）の春の作とあるが、中村俊定《しゅんじょう》氏の『芭蕉俳句集』では貞享《じょうきょう》五年（1688年）に吉野で詠んだ一句として記されている。芭蕉翁が吉野で詠んだ句は、「しばらくは 花の色《いろ》なる 月夜かな」で、服部土芳の『蕉翁句集』にも「よし野にて」の詞書ある。中七《なかしち》が「上《うえ》」と「色《いろ》」の違いだけなので、俊定氏が間違うのも無理はない。

しかし、この句を芭蕉翁か推敲《すいこう》したことは考えられず、風国の写し間違いの可能性が高い。芭蕉翁の晩年の弟子となった森川許六《きょろく》（1656—1715年）は、風国の代表作である『泊船集《はくせんしゅう》』を杜撰《ずさん》な偽書《ぎしょ》と酷評《こくひょう》している。すると、土芳の写した句が芭蕉翁の自作となる。今となっては135番の句の方が有名となって、芭蕉翁の句として人口《じんこう》に膾炙《かいしゃ》されている。

135番の句は、暫《しばら》くは桜の上に輝く月を鑑賞することにしようと、月が主題となる。一方、芭蕉翁の自作は、暫《しばら》くは月に照らされて桜色《さくらいろ》に染まった夜景を楽しもうと、桜が主題となる。桜は春の季語で、月は秋の季語であると批判される句であるが、月は年中《ねんじゅう》あるもので、季語として扱われる場合は、「中秋の名月」だけである。芭蕉翁の句には季語が重なる句もあるが、季語に拘《こだわ》らないことも大切であろう。自然の美しさを見る目には、余計なルールがない方が素直《すなお》に眺められる。

伊賀上野を再び出立した芭蕉翁は、京の市中《しちゅう》に向井去来を尋ね、嵯峨野へと向かっている。芭蕉翁の「近畿遍歴」の中で、最も注目すべきは京の嵯峨野での日々を記した『嵯《さ》峨《が》日記』であろう。その書き出し文は、「元禄《げんろく》四年辛未卯月《しんびうつき》十八日、嵯峨にあそびて去来《きょらい》ガ落柿舎《らくししゃ》に到《いたる》。」とある。向井去来（1651―1704年）は、堂上家《とうしょうけ》（公家）に仕える医師で武人《ぶじん》でもあったが、隠士になった後《のち》、俳諧師に転じている。芭蕉翁と去来の出会いは、『野ざらし紀行』で京を訪ねた頃で、弟子の宝井其角《きかく》が紹介したとされる。京蕉門の第一人者となって、東国三十三国の俳諧奉行・杉山杉風《さんぷう》と並び、西国三十三国の俳諧奉行とも称された。

去来の草庵である「落柿舎」には、四月一八日から五月四日まで一七日間滞在し、日記を毎日認《したた》めているが、何故か四月二四日の記入がない。体調が優れなかったかは分からないが、書き慣れない日記に対する執着は感じられない。その日記の詳細は省《はぶ》くが、入《にゅう》庵《あん》した当日の文章が面白い。「予《よ》は猶暫《なおしばらく》とどむべき由《よし》にて、障子つづくり、葎《むぐら》引かなぐり、舎中の片隅一間《ひとま》なる處伏處《ところふしど》ト定ム。机《つくえ》一《ひとつ》、硯《すずり》、文庫、白氏集《はくししゅう》・本朝《ほんちょう》一人一首・世継《よつぎ》物語・源氏物語・土佐日記・松葉集《しょうようしゅう》を置《おく》、并唐《ならびにから》の蒔絵《まきえ》書きたる五重の器《うつは》にさまざまの菓子ヲ盛《もり》、名酒一壺《いっこ》盃《さかづき》を添《そへ》たり。夜るの衾《ふすま》、調菜《ちょうさい》の物共《ども》、京より持来《ちもきた》りて乏《とぼ》しからず。我貧賤《われひんせん》をわすれて清閑ニ楽《たのしむ》。」と、深川芭蕉庵とは比較できない去来の個性的な草庵を評している。

１３６番、「嵐山　藪《やぶ》の茂りや　風の筋《すじ》」

入庵した翌日は、嵐山を散策して夢窓《むそう》国師（１２７５—１３５１年）の墓地がある臨川《りんせん》寺《じ》、虚空蔵菩薩《こくうぞうぼさつ》を祀る法輪寺《ほうりんじ》を詣でている。平安時代末期に高倉天皇の愛妃《あいひ》であった小督《こごう》の塚も訪ねている。三軒茶屋の隣りの藪の中に塚があったようで、その時の様子を詠んだ句である。この句の前には、「うきふしや　竹の子となる　人の果《は》て」の句も添えられて、天皇の寵愛を受けて栄華を極めた女性でも竹の子となる境地《きょうち》を詠じている。小督は高倉天皇の舅《しゅうと》・平清盛を恐れ、嵯峨野に隠れ尼となったとされる。「風の筋」は、風の通り道で藪の竹を揺らし、哀愁《あいしゅう》に満ちた竹の音を響かせる。

落柿舎には毎日のように門人や知人が尋ねていて、去来の他にも医師の野沢凡兆《ぼんちょう》（？—1714年）と妻の羽紅尼《うこうに》、去来の兄・元端《げんたん》の嫁、近江国堅田の本福寺《ほんぷくじ》住職・三上千那《せんな》（1650—1723年）、尾張犬山出身の中村史邦《ふみくに》（生没年不詳）と内藤丈草《じょうそう》（1662—1704年）、江戸から戻った川合乙州《おとくに》、近江彦根の明昌寺《めいしょうじ》住職・河野李由《りゆう》（1662—1705年）、そして、河合曾良も五月二日に尋ねている。元橋の嫁以外は、落柿舎で芭蕉翁と寝食《しんしょく》を共にしている。門人たちからは様々な情報が寄せられ、女性たちからは料理が届けられたようだ。一見《いっけん》、立派に見えた草庵にもボロが見えて来たようで、三日目の四月二〇日の日記には、去来が落柿舎に来る途中で詠んだ句を書き記し、「落柿舎は昔のあるじの作れるままにして、處々頽廢《ところどころたいはい》ス。中々に作《つくり》みがかれたる昔のさまより、今のあはれなるさまこそ心とどまれ。彫《ほりもの》せし梁《うつばり》、畫《えがけ》ル壁も風に破れ、雨にぬれて、奇石《きせき》怪松《かいしょう》も葎《むぐら》の下にかくれたるニ、竹縁《たけえん》の前に柚《ゆず》の木一《ひと》もと、花芳《かんば》しければ、」と述べて句を記している。

137番、「柚《ゆず》の花や 昔しのばん 料理の間」

昔の草庵の元庵主《あんしゅ》は柚を栽培していて、小さな台所も料理の間と呼ぶような優雅な面影が偲ばれると詠じた。この日の夜は、賑やかな一夜となったようで、芭蕉翁・去来・凡兆・羽紅尼・落柿舎管理人の与平《よへい》、この五人が蚊帳《かや》一張りに雑魚寝《ざこね》しようとしたが寝付《ねっ》かれなくて、昼の菓子や酒で夜明けまで語り合ったようである。

嵯峨野には芭蕉翁が終生《しゅうせい》、尊敬してやまなかった西行法師の草庵跡が二尊院《にそんいん》に残されている。四月二二日の日記には、西行法師の「山里に こは又誰《たれ》を よぶこ鳥 獨《ひとり》すまむとおもいしものを」の和歌を記し、「さびしさをあるじなるべし。」と独居の楽しさを語っている。江戸時代初期の歌人・木下長嘯子《ちょうしょうし》(1569―1649年)を隠士と述べて、その独居生活を評している。

毎日のように門人たちが落柿舎を訪ねているが、「来る者拒《こば》まず」の気持ちで接したと思うが、それが本意《ほんい》でなかったようだ。138番、「うき我《われ》を さびしがらせよ かんこどり」落柿舎で歓待された芭蕉翁は、自分自身が浮いた気持ちとなって、幻住庵での寂《さみ》しい暮らしと比較している。「閑古鳥《かんこどり》」はカッコウの別名で、芭蕉翁の句によって広まったと言っていい。「閑古鳥が鳴く」と言う造語《ぞうご》まで生まれ、閑散として客にいない店などの形容詞となっている。芭蕉翁は喜怒哀楽《きどあいらく》が激しく、泣いたと思ったら笑い、人を嫌ったかと思うと好きになっている。

四月二八日の日記には、難しい漢字が多用《たよう》されて、正確に読み取ることが出来ないので原文を載せることにする。

「夢に杜国が事をいひ出して、涕泣《ていきゅう》して覚《さ》ム。心神相交《しんしんあひまじはる》時は夢をなす。陰盡《いんつき》テ火を夢《ゆめ》見《み》、陽衰《ようおとろへ》テ水を夢ミル。飛鳥《ひちょう》髪をふくむ時は飛《とべ》るを夢見、帯《おび》を敷寝《しきね》にする時は蛇を夢見るといへり。睡枕記《すいちんき》・槐安国《かいあんくに》・荘周夢蝶《そうしゅうむちょう》、皆其理《みなそのことわり》有テ妙《みょう》をつくさず。我夢は聖人《せいじん》君子《くんし》の夢にあらず、終日忘想散乱《ぼうそうさくらん》の気《き》、夜陰《やいん》夢又《また》しかり。誠に此《この》ものを夢見ること、所謂《いわゆる》念夢《ねんむ》也。我に志深《こころざしふか》く伊陽旧里《いようふるさと》迄したひ来りて、夜は床を同じう起臥《おきふし》、行脚《あんぎゃ》の労《ろう》をともにたすけて、百日《ひゃくにち》が程かげのごとくにともなふ。ある時はたはぶれ、ある時は悲しび、其志我《わが》心裏に染《しみ》て、忘るる事なければなるべし。覚《さめ》て又袂《たもと》をしぼる。」と、杜国と歩んだ日々を回想した。

夢の文字が一二ヶ所も表記され、杜国との出会いも別れも夢の中でも続いていたような心象《しんしょう》描写である。

中村俊定《しゅんじょう》氏が校注《こうちゅう》の『芭蕉紀行文集』の注釈によると、「心神《しんしん》」は「神気《しんき》」を訂正したとされる。「陰盡《いんつき》テ」と「陽衰《ようおとろへ》テ」は、陰陽を踏まえて「火」と「水」の夢を対比させている。「飛鳥《ひちょう》髪をふくむ」は、中国古代の思想家・列士《れっし》(生没年不詳)の『列子』からの引用である。「睡枕記《すいちんき》」は唐の李泌《りひつ》(722―789年)が選した『枕中記《ちんちゅうき》』の誤りとされ、「槐安国《かいあんこく》」は唐の李公佐《りこうさ》(生没年不詳)の小説の主人公・淳于棼《じゅんうふん》が酒に酔って槐安国の太守となった夢物語、「荘周夢蝶《そうしゅうむちょう》」は荘子が蝶になった夢である。「忘想散乱《ぼうそうさくらん》」は「妄想《もうそう》錯乱《さくらん》」の過ちで、「夜陰《やいん》」は「心に闘《たたか》ふ」を消して改めたとされる。「伊陽《いよう》」は伊賀の国のことで、「百日《ひゃくにち》が程」は『笈の小文』で杜国と旅した日数で、「百日片時《かたとき》も離れず」を訂正したとされる。

139番、「五月雨や　色帋《しきし》へぎたる　壁の跡」

落柿舎を去る前日の五月四日に詠んだ句で、その日の日記には、「宵に寝《いね》ざりける草臥《くたびれ》に終日臥《ふす》。昼に雨降止ム。明日は落柿舎を出《いで》んと名残《なごり》をしかりければ、奥・口の一間一間《ひとま》を見廻《みめぐ》りて、」と記して句を結びとしている。五月雨の降る季節、落柿舎の壁には色紙を剥《は》いだ跡が残っていて、様々な思い出が去来《きょらい》したようだ。落柿舎を去った芭蕉翁は、六月中旬まで京市中の野沢凡兆宅に滞在し、膳所の無名庵へ再び戻って行く。そして、元禄《げんろく》四年(1691年)九月二八日、江戸に向って旅立つのである。

⑿

第三次深川芭《ば》蕉《しょう》庵《あん》時代

江戸への下向《げこう》には、天野桃隣《とうりん》（1649—1719年）と各務支考《かがみしこう》（1665—1731年）とが同伴している。桃隣は芭蕉翁の血縁者で、藤堂家の陪臣であったが俳諧師を目指していた。支考は元僧侶の肩書を持つ医師で、後《のち》に美濃蕉門の祖となっている。

140番、「木枯《こがらし》に　岩吹《ふき》とがる　杉間《すぎま》かな」

東海道の所要日数は大井川《おおいがわ》の川止めがない限り、普通であれば二週間ほどの道中である。しかし、芭蕉翁一行《いっこう》は、約一ヶ月を要している。尾張蕉門との交遊もあって日数が伸び、東海道から約35km も離れた三河の鳳来寺山《ほうらいじさん》を参拝している。

一〇月二三日、新城《しんしろ》の門人で豪商の太田白雪《はくせつ》（1661—1735年）に案内されての登《と》拝《はい》であった。句はその時の吟で、同伴した支考の『笈日記《おいにっき》』に収録された。標高695m の鳳来寺山は、岩肌が露呈した岩峰で、古来より修験者の聖地とされた風来寺の諸堂《しょどう》が点在する。参道の石段には老杉《ろうさん》が茂り、その杉間から尖がった岩峰を眺め、木枯らしの仕業《しわざ》であろうと詠じた。

その後は島田宿《しまだしゅく》に泊り、再び大井川を馬で渡っては句を吟じている。そして、江戸に到着したのは、一〇月二九日であった。『おくのほそ道』に旅立ってから三年ぶりで、江戸では日本橋橘町《たちばなちょう》の彦右衛門の貸家に入っている。

141番、「都《みやこ》いでて　神も旅寝《たびね》の　日数《ひかず》かな」

江戸に戻った芭蕉翁が門人たちに最初に披露した句で、大津の菅沼曲水《きょくすい》に宛てた「書簡」に見られる。芭蕉翁が京の都から大津膳所を経て出立してから神無月《かんなづき》（一〇月）の日々が続く。神無月は諸国の神々が出雲《いずも》の国に集まる月である。その様子を「神も旅寝」と評して、自分自身も同じようなもので、旅寝の日数を重《かさ》ねて出雲の国のような江戸に帰った来たと詠じたのである。

142番、「人も見ぬ　春や鏡《かがみ》の　うらの梅」

橘町の貸家で越年した芭蕉翁のため、杉山杉風が施主となって、宝井其角の門人となった枳風《きふう》（生没年不詳）、「深川八貧」の河合曾良、岱水《たいすい》（生没年不詳）らが援助して第3次深川芭蕉庵が五月中旬に完成している。

元禄《げんろく》五年（1652年）の歳旦吟《さいたんぎん》で、室生流《むろうりゅう》の能楽師《のうがくし》で芭蕉翁の晩年の弟子・服部沾圃《せんぽ》（1663—1745年）と各務支考が共編した『続猿蓑《ぞくさるみの》』に収められている。銅製の手《て》鏡《かがみ》の裏には、鶴や松の絵の模様《もよう》が描かれていることが多かったようだ。しかし、模様も描かれない無地《むじ》のものが多くなり、そんな折りに手鏡に描かれた梅の花を見つけるのであった。実際に咲く梅を眺めなくても、初春《しょしゅん》の訪れるが感じらると詠んだ元日《がんじつ》の吟である。

143番、「両《りょう》の手に　桃とさくらや　草の餅」

三年ぶりの深川芭蕉庵での生活は、安住の地とはなかったようだ。江戸蕉門は古参《こさん》で年齢の近い杉山杉風や河合曾良、点取《てんとり》俳諧に傾く宝井其角《きかく》（1661—1707年）、其角のライバルとされた服部嵐雪《らんせつ》（1654—1707年）のグループに大きく別れ、一枚岩《いちまいいわ》ではなかった。『芭蕉俳句集』の詞書には、「草庵に桃桜《とうおう》あり、門人にキ角嵐雪有《あり》」と記されて、当時の芭蕉翁が提唱していた「軽《かる》み」の新風《しんぷう》に二人は反発していた。その関係を修復したいとの思いがあって、三吟歌仙の興行が行われた。

愛弟子の其角と嵐雪の活躍は、桃と桜を両手にしたような喜び、草餅を食べながら二人を賛辞《さんじ》するのである。この発句は、江戸勤番中《きんばんちゅう》に其角と嵐雪と交流のあった備前岡山藩士・桜井兀峰《ごっぽう》（1662—1722年）が元禄《げんろく》六年（1693年）に刊行した『桃の実《み》』に収められた。其角と芭蕉翁との関係では、芭蕉翁が疎《うと》んじていた井原西鶴《さいかく》と交流があって、上方に二度尋ねている。嵐雪にしても『おくのほそ道』に出立する際の餞別句を贈っていないことが軋轢《あつれき》となっていたようだ。しかし、後日談《ごじつだん》となるが、上方で芭蕉翁の危篤の知らせを受けると、箱根の木賀《きが》温泉に居た其角はすぐさま駆けつけ、嵐雪も桃隣と一緒に芭蕉翁が埋葬された義仲寺に向っている。芭蕉翁は二人にとっては、唯一無二《ゆいいつむに》の師匠であったことは確で、その死に驚愕《きょうがく》した。

144番、「埋火《うづみび》や　壁には客の　影ぼうし」

江戸の門人たちが一枚岩となれなかったのは、自由で気まぐれな一面のある芭蕉翁の本質を見抜《みぬ》き、山口素堂や杉山杉風のように大所《たいしょ》から芭蕉翁に接していないのが要因と思われる。そんな憂鬱《ゆううつ》を抱えている時、膳所から菅沼曲水が芭蕉翁を訪問する。曲水の泊った旅館での吟とされ、『続猿蓑』に収められている。「埋火」は部屋の囲炉裏《いろり》にある火だねで、煙草を吸う時や部屋の明かりとしてもに用いられた。その仄《ほの》かな灯かりに映る黒々とした影法師は、客人の曲水に他ならない。曲水は気骨《きこつ》のある武士であったが、一五歳も年長《ねんちょう》の芭蕉翁を身分を離れた俳諧の師匠として尊敬していた。

曲水の来訪に喜んだ芭蕉翁は、八月になると彦根藩士で江戸勤番の森川許六《きょろく》（１６５６

―1715年)が正式に入門する。許六は俳諧の他に絵画に秀《ひい》でていて、芭蕉翁は許六から絵画を学ぶ。九月には大津の浜田洒堂《しゃどう》が来訪して四ヶ月間も滞在している。

145番、「初雪や　懸《か》けかかりたる　橋の上」

芭蕉庵近くの隅田川には、新大橋(深川大橋)の建設が行われ、その橋に初雪が降る情景を詠んだ句で、長崎の和田泥足《でいそく》(生没年不詳)が刊行した『其便《そのたより》』に記載された。建設工事の状況を詠んだ句は珍しく、日々変わる江戸深川の様子を伝えている。

146番、「春もやや　気色《けしき》ととのふ　月と梅」

元禄《げんろく》六年(1693年)、第3次深川芭蕉庵で初春迎え、月の明りを帯《お》びた梅の花を眺め、春の景色が整《ととの》って来たと吟じた。この句は加賀金沢の藤井巴水《はすい》(生没年不詳)の刊行した『薦獅子集《こもじししゅう》』や『続猿蓑』に収められた。また、大垣の谷木因に宛てた書簡にも見え、『おくのほそ道』の旅以来、木因との関係は疎遠《そえん》となったとされるが、そうでもなかったようだ。

１４７番、「朝顔や　昼は錠《じょう》おろす　門の垣」

結核を患《わずら》っていた甥で猶子《ゆうし》の桃印《とういん》（１６６０―１６９３）が、芭蕉翁の看護も空しく、三月末に草庵で死去する。芭蕉翁はショックのあまり、人が尋ねて来ても一切会おうとしなかった。その時の心境を綴《つづ》ったのが「閉門《へいもん》の説」で、その結びとしてこの句が添えられた。草庵の垣根には朝顔《あさがお》の花が咲いているが、日中は門に施錠《せじょう》して閉門したことを詠んだ。「閉門の説」が成ったのは七月頃で、桃印の死去した時期と朝顔の季語とがずれているのは仕方《しかた》ない。また、「朝顔や　是《これ》も又我が　友ならず」と詠んで、朝顔の花が閉門中の慰《なぐさ》めとはならなかった。芭蕉翁が三四歳の桃印を失った悲しみは、空海大師が後継者と目していた甥の智泉《ちせん》を失って詠んだ「哀しい哉《かな》」の哀悼文《あいとうぶん》と類似《るいじ》しているように感じられる。

１４８番、「川上《かわかみ》と　この川しもや　月の友」

桃印の死別《しべつ》から次第に精神的に落ち着いたようで、草庵から外に出るようになった。『続猿蓑』の詞書には「深川の末、五本松《ごほんまつ》といふ所に船をさして」とあって、月見の舟遊びに興《きょう》じたようである。五本松は小名木川《こなぎかわ》沿いにある月の名所で、その川上では私の友も月を眺めているだろうと詠じた。その親友《しんゆう》は山口素堂《そどう》とも言われるが、風流に通じた友であったことに違いない。

149番、「菊の香《か》や 庭に切《きり》たる 履《くつ》の底」

一〇月九日には素堂亭に芭蕉翁、河合曾良、宝井其角、天野桃隣、服部沾圃《せんぽ》らの錚々《そうそう》たるメンバーが集い、「残菊の宴」の歌仙が興行された。歌仙の発句は、沾圃も関わった『続猿蓑』に収められている。菊の香る庭に鼻緒《はなお》の切れた履物《はきもの》がひっくり返っている様子を詠んだ句である。新気風《しんきふう》への思案の末《すえ》に生まれた句で、「履の底」という表現には、庶民の履物の草履《ぞうり》・雪駄《せった》・下駄《げた》とは違い、僧侶が儀式で履く革製のサンダルでもある「沓《くつ》」を想像させる。

自然描写《びょうしゃ》の中に人々の暮らしを重ねた句を詠んで来た芭蕉翁であったが、この句を読む限りは人々の暮らしを更に深く掘り下げている。僧侶が履く最上級《さいじょうきゅう》の沓でも、庶民の履く最低《さいてい》の草履でも、履けなくなったらお終《しま》いと達観《たっかん》した句でもある。

１５０番、「ゑびす講　酢《す》売りに袴《はかま》着せにけり」

芭蕉翁が暮らした元禄時代の江戸は、近年のバブル期と一緒で、宝井其角が「鐘《かね》ひとつ売れぬ日はなし　江戸の春」の名句を詠んだ時代でもあった。江戸の市中を様々な行商人が練《ね》り歩き、深川八幡宮の恵比須講《えびすこう》にも酢を売る行商人がいたようだ。普段は身なりの良くない行商人に対して、恵比須講の時だけは羽織袴《はおりはかま》を着せてやりたいと願った芭蕉翁の軽はずみな感想である。

１５１番、「もののふの　大根苦《にが》き　はなしかな」

冬になると、伊賀上野から藤堂家の重臣・藤堂玄虎《げんこ》（生没年不詳）が江戸に下向して、江戸柳原の料亭で「三吟六句」の句会が行われた。芭蕉翁の他に、服部嵐雪の門人で医師の清水周竹《しゅうちく》（生年没不詳）が加わっていた。この句は向井去来に宛てた書簡に残された真蹟《しんせき》である。賓客の俳人である藤堂玄虎は、武勇で名を馳せた初代津藩主・藤堂高虎《たかとら》の与力・渡辺勘兵衛《かんべえ》の子孫で、藤堂姓を賜った典型的な武士《もののふ》であった。そんな殿様の話を聞いた芭蕉翁は、信州の苦い大根を思い出したようで、所詮《しょせん》は大根役者と同様と評した句にも見える。

芭蕉翁は殿様とは言えど、へつらうこともなく、毅然《きぜん》とした態度で接していた。それが身分制度の世であっても芭蕉翁が武士たちから尊敬された一面もあり、俳諧を嗜《たしな》む武士にとっては神様にも値する師匠でもあった。

152番、「物いへば　唇《くちびる》寒し　秋の風」

有名な句であるが創作年が不明で、京の落柿舎を訪ねた中村史邦《ふみくに》(生没年不詳)が元禄《げんろく》九年(1696年)に刊行した『芭蕉庵小文庫』に記載されている。詞書には「座右之銘《ざゆう》」と題して「人の短《たん》をいふ事なかれ、己が長《ちょう》をとく事なかれ」と述べ、句が添えられている。座右之銘と句は別々の作で、史邦が編集した可能性が高い。座右之銘は芭蕉翁の哲学的な教訓《きょうくん》で、かなり以前から自分を諭《さと》していたと考えられる。句に関しては余計なことを言って災《わざわ》いを招き、秋風に吹かれるように唇が寒くなってはいけないと詠じた。「沈黙《ちんもく》も言葉なり」で、他人に問われたならば自分の言葉で答えれば良いとも語ったような気がする。

153番、「みな出《いで》て　橋をいただく　霜路《しもぢ》哉」

一二月七日なると、昨年は初雪の句を詠んだ新たな橋が完成し、「新大橋」と名付けられた。

隅田川には既に両国橋《りょうごくばし》と永代橋《えいたいばし》が架かっていた。三つ目の橋となったが、深川の側にあったことから深川大橋とも称された。その完成を祝う渡り初《ぞ》めの句で、人々が押し寄せて、霜柱《しもばしら》の残る橋をありがたく渡る様子を詠んでいる。「いただく」には、霜を頂く橋の情景と、お上(江戸幕府)から橋を戴く意味もある。この句は伊藤風国《ふうこく》が芭蕉作品を最初にまとめた『泊船集《はくせんしゅう》』にあるが、間違いはなさそうである。

154番、「ありあけも　三十日《みそか》にちかし　餅の音」

年の瀬になると普段とは違った光景が見られ、夜明けまで残る有明の月と、餅を搗《つ》く音が聞こえたようだ。有明の月は平安時代の和歌にも詠まれ、芭蕉翁の念頭にもあって上五に閃《ひらめ》いたのだろう。「餅の音」の下五は、誰の目にも杵《きね》で餅を搗く音を連想させる。その間の中七に「三十日にちかし」の詞《ことば》で結び付け、師走《しわす》の慌ただしさの中で静と動を上手《うま》く組み合わせている。森川許六《きょろく》による絵の手ほどきがあってか、芭蕉翁は「真蹟自画賛」を描くようになった。この句も自画賛に添えられた句である。

155番、「蓬莱《ほうらい》に　聞《き》かばや伊勢の　初便《はつだより》」

元禄《げんろく》七年（1694年）の歳旦吟《さいたんぎん》で、越後屋両替商の手代《てだい》（番頭）・志太野坡《しだやば》（1662—1740年）らが編集した『炭俵《すみだはら》』に収められている。「蓬莱」は中国の蓬莱山《ほうらいさん》をかたどった正月の飾り物で、そこに耳をあてると伊勢神宮の初便りを聞きたくなった心境を詠んでいる。新庵で二年目の正月を迎え、再び伊勢神宮を参拝したい気分となって旅する日々の初夢《はつゆめ》を見たのだろう。

新たな門人となった森川許六や志太野坡らとの交流《こうりゅう》が深まり、人生五十年を過ぎた芭蕉翁にとって大きな刺激となった。また、新風の「軽み」を広めるため、杉山杉風や天野桃隣の理解を求め説得《せっとく》している。

156番、「梅が香《か》に　のっと日の出る　山路かな」

志太野坡との両吟で得た句で、『炭俵』の冒頭に出てくる名句である。梅の香りが漂《ただよ》う明け方、山路を歩いていると太陽が「のっと」と昇って来た様子を詠んだもので、「軽み」の代表句とされる。ありのままに感じた日常を平易《へいい》な言葉で表現することが、芭蕉翁が最終的に完成させた作風であった。古くは「わび・さび」が芭蕉翁の作風とされたが、千利《せんり》休《きゅう》の「わび茶」に由来するもので、芭蕉翁の発想でもない。「しほり」や「細《ほそ》み」についても美意識の概念であって、芭蕉翁が執着した作風でもなかったと推察する。むしろ「軽み」に対する意気込《いきご》みの念は強く、芭蕉翁の死後は俳諧に一大流行を興すことになる。

157番、「八九間《はっくげん》　空で雨降る　柳かな」

春には服部沾圃《せんぽ》亭で若手の門人たちが集って四吟歌仙が巻かれた。四吟の参加者は芭蕉翁、亭主の沾圃、職業不明の馬莧《ばけん》(生没年不詳)、能役者の里圃《りほ》(生没年不詳)の四人である。その発句に披露された句で、沾圃も編集に関わった『続猿蓑《ぞくさるみの》』に収められた。「八九間」は、15m前後の柳の大木で、春の雨が止んでも、みずみずしい柳の葉からは雨が滴《したた》り落ちている情景を詠んだもの。「空で雨降る」の「で」の一字には、柳の空間の広さを描写《びょうしゃ》したもので、「軽み」の概念を具現《ぐげん》した名句である。

四月中旬になると、芭蕉翁が『おくのほそ道』の清書《せいしょ》を依頼した友人で能書家《のうしょか》の柏木素《そ》龍《りゅう》(?—1716年)から清書本が届く。この本の末尾には、素龍の跋文《ばつぶん》が添えられていて、これが素晴らしい文章で記憶から離れない。

「枯《か》らびたるも艶《えん》なるも、たくましくも儚《はかな》げなるも、おくの細道見《み》もて行《ゆ》くに覚《おぼ》えず起《た》ちて手叩《てたた》き伏して群肝《むらぎも》を刻《きざ》む。一般《ひとたび》は蓑《みの》を着《き》る着《き》るかかる旅せまじしと、思ひ立ち一度《いとたび》は坐して目《め》のあたり奇景《きけい》を甘《あま》んず。かくして百般《ひゃっぱん》の情に鮫人《かぶじん》の玉を翰《ふで》にしめしたり。旅なる哉、器《うつわ》なるかな、ただ嘆《なげ》かわしきは、かうやうの人のいと、か弱《よは》げにて眉の霜《しも》の置き添ふぞ。」
元禄《げんろく》七年初夏とある。

下手《へた》な解釈すると、「芭蕉翁の『おくのほそ道』を読むと、枯淡《こたん》な趣きや艶美《えんび》な情景が描かれ、逞《たくま》しい描写や儚《はかな》い物語もある。読み続けると、思わず立って手を叩くたくなる場面と、頭《こうべ》を垂れるほどの感銘を受ける場面もある。一般《いっぱん》の人々は、雨具の蓑《みの》を着てまでは旅をしたいと思わず、家からも離れず、在り来たりの景観に満足している。様々な情景を眺めて来た芭蕉翁は、南海《なんかい》の人魚《にんぎょ》が目から涙の宝玉《ほうぎょく》を流すように筆に記した。それは旅の魅力であって、芭蕉翁の器量《きりょう》によるものだ。ただ嘆かわしく思うのは、こんなに立派な人がか弱く見え、眉毛《まゆげ》も霜のように白くなっているお姿である。」と、絶賛しつつも健康を心配している。

中学生の時、『おくのほそ道』を初めて読んだが、かなりの部分は理解できたが、古希《こき》に近い歳となっても新たな解釈を求めて読み続けている。

158番、「寒からぬ　露や牡丹《ぼたん》の　花の密」

詞書には「贈《ぞう》桃隣新宅自画自賛」とあって、新築祝いに贈った自画自賛の句で「俳画《はいが》」とも呼ばれる。桃隣は蕉門唯一の血縁者で、生年には1639年説と1649年の説がある。前説だと芭蕉翁より五歳年長となり、芭蕉翁に伴い東下《とうげ》した元禄《げんろく》四年（1691年）には五三歳となっていて、江戸で俳諧宗匠《そうしょう》として立机《りっき》した経緯を考えると、芭蕉翁より五歳年少とする説が正しいと推察する。新築当時の年齢は四六歳で、年齢の近かった杉山杉風や河合曾良とは仲良《なかよ》しでもあった。

陽春《ようしゅん》の朝露は冷たくもなく、新築の家にはボタンの花が咲き、花には密がたまっている様子を詠んだ。単純な句であるが、甘い密の如く幸せに暮らして欲しいとも願ったようで、子珊《しさん》（?―1699年）の『別座舗《べつざしき》』に収られた。

五月初旬には芭蕉翁が伊賀上野に立つことになって、子珊亭で送別の五吟歌仙が興行された。連衆《れんしゅう》は主賓《しゅひん》の芭蕉翁、亭主の子珊、杉山杉風、天野桃隣、八桑《はっそう》の五人で、八桑については詳細が不明である。その時の発句が江戸で詠んだ最後の句となる。

159番、「紫陽花《あじさい》や 藪を小庭の 別座鋪《べつざしき》」

紫陽花《あじさい》を詠んだ句は珍しく、『芭蕉俳句集』では二句だけである。現在のように鑑賞される花ではなかったようだ。そんなことから子珊の別座敷の小庭は、藪《やぶ》のある自然に近い景観であったようで自生したアジサイであっとも思われる。これから梅雨を迎える時期に旅立つ芭蕉翁、辛い別れとなったに違いない。子珊は五年後に亡くなり、子珊の編《あ》んだ『別座鋪』が遺作となった。

第3次深川芭蕉庵には、芭蕉翁が「最後の旅」に出立すると、芭蕉翁の勧めで寿貞尼《じゅていに》（？―1693年）と、子のまさ・ふうの姉妹の三人が入居している。。寿貞尼は桃印の内妻と解釈し、桃印の死後に落飾《らくしょく》しただろうと想像していた。二郎兵衛は一四歳頃と推測すると、桃印の子であっても不思議ではない。しかし、寿貞尼は芭蕉翁の愛人説《あいじんせつ》が有力視されている。すると、寿貞尼の三人の子の父親は誰なのかと言う疑問が残る。禅僧のように自分を律《りっ》していた芭蕉翁に、血のつながった子供がいたことになる。

明治時代以前の僧侶は、一部の宗派を除くと生涯独身が常識であった。生涯女犯《にょはん》しなかった名僧は、鎌倉時代初期の華厳僧《けごんそう》・明恵《みょうえ》上人（1173―1232年）が一人とも言われる。

女犯は禁じられても男色《だんしょく》は許されていたので、性欲を捨てた聖人君子《せいじんくんし》は皆無であったと想像する。芭蕉翁に対しても性欲の捌《は》け口があったのは仕方ないとことである。坪井杜園は男色の相手とされるが、性的な結び付きよりも精神的な結び付きが強かったと想像する。

五月一一日、芭蕉翁は寿貞尼の子・二郎兵衛を伴い、伊賀上野へと向かって江戸を出立《しゅったつ》する。東海道の川崎までは多くの人々に見送られ、箱根までは律義《りちぎ》な河合曾良が最後の見送りをしている。

⒀ 最後《さいご》の旅

160番、「麦の穂を 便《たより》につかむ 別れかな」

川崎は東海道の五十三次ではないが、品川宿《しながわしゅく》では江戸に近く、神奈川宿《かながわしゅく》では離れ過ぎていて、途中の川崎は間 宿《あいのしゅく》と呼ばれて、見送りの人々が多かった。川崎での別れに際して詠んだ句で、麦畠《むぎはたけ》が続く道中の眺めが脳裏にあったようで、その穂をつかんで頼《たよ》りたい気持ちが込められている。別れた後《あと》は便《たよ》りを下さいと頼りとを掛けて、別れを惜しんだ。この句は服部土芳の『赤冊子草稿《あかさっしそうこう》』にあるが、詞書に江戸を「武府《ぶふ》」と称し、武蔵の国府を意味するが、武士の都のイメージと重複する。

161番、「目にかかる 時やことさら 五月富士《さつき》」

芭蕉翁は富士山を詠んだに名句が殆どなく、『芭蕉翁行 状記《ぎょうじょうき》』のこの句だけは感慨深い句で、箱根を上って眺めた五月晴れ《さつきば》の富士を詠んでいる。松島の風景と同じで、和歌に詠み尽くされ、絵画に描き尽くされたと思っていて、無能無芸《むのうむげい》の俳諧師の出る余地《よち》はないと思っていたようだ。しかし、富士山にはまだ残雪があって、ことさらに美しく感じたようで筆を握《にぎ》ったのであった。箱根まで見送ってくれた曾良に感謝する書簡を後日《ごじつ》書いているが、三島への下りは雨降りで難儀した様子が述べられている。

１６２番、「さみだれの　空吹《ふき》おとせ　大井川《おおいがわ》」

三島からも雨降りは続いたようで、大井川は川止《かわど》めとなって、島田宿の川庄屋・塚本如《じょ》舟《しゅう》（１６４１―１７２４年）亭に三泊することになる。ここで詠まれた句で、水嵩《みずかさ》が増して濁流の流れる大井川に対して、「大井川よ、思い切って五月雨の空を吹き落してくれ」と問いかけている。自然の事象《じしょう》同士を喧嘩《けんか》させるダイナミックな句で、芭蕉翁ならではの発想である。この句は水上亭桃鏡《すいじょうていとうきょう》（生年没不詳）が明和《めいわ》元年（１７６４年）に編集した『芭蕉翁真蹟集』にあるが、桃鏡については詳細は不明である。

１６３番、「駿河路《するがぢ》や　花橘《はなたちばな》も　茶の匂ひ」

駿河路は現在の静岡県であるが、静岡と聞けば茶の産地としてのイメージが強い。この句は如舟亭で挨拶句《あいさつく》として詠まれ、懐紙《かいし》に書かれて如舟に贈られた。タチバナは自生する柑橘類《かんきつるい》で、香ばしく白い花も咲かせる。その香りを消し去るほど、茶の匂いに満ちている様子を詠んだ。口では言い表《あらわ》せない感謝の気持ちを述べた句で、年長《ねんちょう》の如舟も喜んで懐紙を手にしたことだろう。

大井川を馬に乗って渡るのが芭蕉翁の定番《ていばん》であったが、以前として大井川の水位は高く、馬の鞍まで隠れるほどであったと、杉山杉風への書簡に記している。三河の国を素通《すどお》りし尾張の国に入った芭蕉翁は、名古屋の山本荷兮《かけい》を尋ね三泊した。

164番、「世を旅に　しろかく小田《おだ》の　行戻《ゆきもど》り」

尾張の国での道中吟で、荷兮への挨拶句ともなって、『笈日記』にある。小さな田んぼで馬を牽《ひ》いて行ったり来たりと代掻《しろか》きをする農夫《のうふ》の姿を目にする。その様子は世の中を旅して来た自分そのもので、狭《せま》い世界に生きて来たことを実感するのである。この句の後《あと》に荷兮は「水鶏《くいな》の道に　わたすこば板」と脇句を付けている。クイナは湿地や水田に棲む鳥で、「クイナが通りれるように小さな板を渡しましょう」と詠んだ。荷兮は医師を生業《なりわい》とする俳人で、芭蕉翁とは『野ざらし紀行』で出会っている。

しかし、芭蕉翁の俳風に対して批判的な論評《ろんぴょう》を繰り返して来た。破門されても仕方ない荷兮ではあったが、内心では芭蕉翁の寛容《かんよう》さを慕っていたようで、クイナに芭蕉翁を重ねている。

165番、「涼しさを　飛騨《ひだ》の工《たくみ》が　さしづかな」

名古屋では門人で呉服商を営む岡田野水《やすい》（1657―1743年）の新宅に招かれる。そこでの挨拶句で杉山杉風に宛てた書簡に見られる。「涼しさを」の上五は居心地《いごこち》の良さも意味し、尾花沢の鈴木清風《せいふう》宅でも上五に用いている。新宅は飛騨の工匠《こうしょう》による指す図で造られたと感じたようだ。新宅は野水が隠居所《いんきょしょ》と建てたようで、豪商に相応《ふさわ》しい豪華な造りであったのだろう。

166番、「水鶏《くいな》なくと　人のいへばや　さや泊《どま》り」

東海道を西に向う際は、宮宿から船で桑名宿に渡るルートが一般的であったが、名古屋からは佐屋《さや》から船で渡っている。その佐屋に泊った時の吟で、芭蕉翁最後の弟子で僧侶の浪化《ろうか》（1678―1703年）が編集した『有磯海《ありそうみ》』に収められた。荷兮の脇句の水鶏が頭から離れなかったようで、その鳴き声を聞いてみたらどうかと誘《さそ》われて佐屋に泊ったと詠じた。佐屋には門人の沢露川《ろせん》（1660―1743年）と三輪素覧《そらん》（生年没不詳）が名古屋から駆け付けて見送っている。

揖斐川《いびがわ》沿いの伊勢長島の大智院、久居にそれぞれ一泊し、五月二八日には伊賀上野に到着する。川止めのあった三日間を除くと、一五日間で最後の東海道を踏破《とうは》したことになる。約三年前、江戸に下向した日数に比べると対極的な旅であった。伊賀上野では実家に二〇日ほど滞在し、山岸半残が訪問している。実家には伊賀蕉門の寄付で、芭蕉翁のための新庵《しんあん》が建築中であった。閏月《うるうづき》の五月一一日には、造り酒屋を営む広岡雪芝《せっし》（1670―1711年）亭に招かれて歌仙興行に加わっている。

閏五月一六日、伊賀上野を立って山城の国加茂《かも》の平兵衛宅に一泊し、翌日は大津の川合乙州宅を尋ねて一泊する。乙州が多忙であったのか、閏五月一八日から二一日までは膳所の菅沼曲水《きょくすい》亭に滞在した。

167番、「六月《ろくがつ》や　峯に雲置《お》く　あらし山」

閏五月二二日には京に入り、嵯峨野の落柿舎に三年ぶりに滞在している。久々に眺めた嵐山《あらしやま》であったが、六月に嵐山を訪ねたのは始めたであった。陰暦《いんれき》（旧暦）の六月は、陽暦《ようれき》（新暦）に変えると猛暑の七月下旬から八月上旬である。上五に選んだのも夏の雲を想起させるための前置詞で、積乱雲《せきらんうん》が峰のように嵐山に聳える情景を詠んでいる。「雲置く」は、

「雲頂《いだ》く」と表現するのであるが、字余《じあま》りを避けたように思われる。この句も杉山杉風に宛てた書簡に記され、江戸をあまり離れたことがない杉風にとっては絵葉書《えはがき》でも見るような気持ちであったろう。

168番、「すずしさを　繪《え》にうつしけり　嵯峨の竹」

嵯峨野では、筑前黒田家から浪人となって移住した坂井野明《やめい》（?―1713年）亭に招かれている。そこで詠まれた句で、俳人の稲津祇空《いなづぎくう》（1663―1732年）が青流と号していた時に選集した『住吉物語』に収められた。嵯峨野は手入れのなされた竹林《ちくりん》が多く、夏は絶好の避暑地《ひしょち》である。平安時代から別荘が建てられ、野明も気に入ったのであろう。その竹林の涼しさは絵に描いたようであると詠じた。向井去来と野明は親しく、野明の俳号は芭蕉翁が名付《なづ》けたとされる。

169番、「数ならぬ　身となおもひそ　玉祭《たままつ》り」

落柿舎に滞在中、江戸の深川芭蕉庵の管理を任せていた縁者《えんじゃ》・村松猪兵衛《いべえ》（生没年不詳）から芭蕉庵で寿貞尼《じゅていに》が六月二日に死去したとの知らせが届く。結核《けっかく》を患っていたようで、芭蕉翁もある程度は覚悟していたと思われるが、内心はショックであっただろう。落柿舎にも同行していた寿貞尼の子・二郎兵衛は、急遽《きゅうきょ》江戸に戻っている。

この句は、落柿舎に滞在中、向井去来の紹介で入門した浪化《ろうか》の『有磯海』にある。その詞書には「尼寿貞が身まかりけるとききて」とあって、初案の句もないことから日数《ひかず》を置かずに詠んだと想像する。「物の数にも入らない身分の人と思っても、その魂《たましい》は祀ってあげないといけない」と、旅の途中で亡くなった人々を「無縁仏《むえんぼとけ》」として供養する風習と共通する人間愛である。寿貞尼の死に自身の死を重ね合わせたのかも知れないが、追悼《ついとう》の句とも称される句からは芭蕉翁の真意は計《はか》りかねる。

170番、「夏の夜《よ》や 崩《くず》れて明《あけ》し 冷《ひや》し物」

落柿舎に二週間ほど滞在した芭蕉翁は、六月一五日には京を立って膳所《ぜぜ》の菅沼曲水を尋ねている。この句は六月二四日付で杉山杉風に宛てた書簡に記され、曲水亭での吟となっている。解釈によっては誤解を招《まね》き易い句である。「夏の夜《よる》の酒宴で飲み崩れてしまい、気が付くと夜が明けていた。少々二日酔い気味の体《からだ》には冷やし物のところてんなどが美《お》味《い》しい。」と詠じた。

１７１番、「秋ちかき　心の寄《よる》や　四畳半」

膳所から大津に入った芭蕉翁は、六月二一日に門人で医師の望月木節《ぼくせつ》（？―１６９４年）宅に招かれている。木節宅の四畳半で俳席が設けられ句会が開かれた。この句はその席での発句で、奈良の俳人・石岡玄梅《げんばい》（生没年不詳）が編集した『鳥之道《とりのみち》』にある。俳席には、美濃出身の各務支考と広瀬惟然《いぜん》（１６４８―１７１１年）が加わっていて、気持ちを寄せ合った親しげな様子が窺《うかが》える句である。四畳半の空間には、茶室のようなイメージがあって、芭蕉翁が新たに着目《ちゃくもく》した世界のように感じられる。

１７２番、「ひやひやと　壁をふまへて　昼寝《ひるね》哉」

木節宅に一泊した芭蕉翁は、翌日はゆったりと寛《くつろ》いだ様子で、漆喰《しっくい》の壁に足でも触れ時のひやひや感を詠んでいる。日常生活をありのまま詠んだ「軽み」の代表句で、一緒《いっしょ》に過ごした支考の『笈日記』に収められた。

芭蕉翁の門人には医師が多くいたが、木節の医術《いじゅつ》を評価していたようで、木節が調合した薬以外は飲まなかったとされる。芭蕉翁がこの後《のち》、大阪で死の床に伏せった時、大津から駆け付けて献身的な看護をし、最後の脈を取ったのであった。

173番、「日にかかる　雲やしばしの　渡《わた》り鳥」

この句は制作年次が不明であるが、『芭蕉俳句集』では元禄《げんろく》七年(1694年)の項《こう》に載《さい》録《ろく》されている。原典は向井去来とその従兄弟である箕田卯七《みのだうしち》(?―1727年)が共選した『渡鳥集』である。日中に見上げる雲には、一つとして同じ雲がないのは誰の目にも明らかである。その雲は流れ行くもので渡り鳥と何ら変わらないと詠じた気がするが、日を遮《さえぎ》る雲と思ったらそれは渡り鳥の大群であったと詠じたようにも思われる。それぞれの解釈があって、それぞれの想像力を膨《ふく》らませるのが詩歌の魅力で、この句に代表される。

大津や膳所に二〇日ほど滞在した芭蕉翁は、七月五日に膳所の無名庵《むめいあん》を去って、京の向井去来亭に五日間滞在する。173番の句は、この時に古い句を推敲し、去来の元にその懐紙《かいし》か短冊《たんざく》が残されたのであろう。

174番、「家はみな　杖《つえ》にしら髪《が》の　墓参《はかまい》り」

伊賀上野に戻った芭蕉翁は、七月一〇日から約二ヶ月間滞在することになる。この句は七月一五日の盂蘭盆会《うらぼんえ》で詠まれた句とされ、『続猿蓑』に収められた。芭蕉翁が家族の様子を詠んだ句は少なく、自然観察から人間観察に視線《しせん》が変わった気がする。句も子供でも理解できる日常的な言葉を用い、誰でも親しめる作風を心掛《こころが》けたのが「軽み」のもう一つの魅力でもある。

175番、「新わらの　出《で》そめて早く　時雨《しぐれ》哉」

伊賀上野では歌仙の興行や句会が頻繁《ひんぱん》に行われ、中でも伊賀蕉門の長老・窪田猿雖《えんすい》（1640―1704年）亭では四度も開催されている。発句はその折りの吟で、『芭蕉俳句集』に見られる。「稲の収穫が終わり、新藁《しんわら》が出回る頃になって今年は時雨が早くやってくるのだろうか」と、江戸と違う故郷ならではの季節《きせつ》の移り変わりを詠じた。

八月七日には江戸で再会した藤堂玄虎《げんこ》邸に遊び、親戚の片野望翠《ぼうすい》（?―1705年）でも歌仙が巻かれた。八月一五日には、新庵が完成し、「無名庵《むめいあん》」と名付けられ、その完成祝いを兼ねた「月見の宴」が開催されている。

176番、「名月に　麓《ふもと》の霧や　田のくもり」

伊賀蕉門の人々の好意《こうい》に感謝し、その日の献立は芭蕉翁が自ら仕立てたとされる。若い頃には料理人として藤堂家に仕えた過去が蘇ったような話である。この句は『続猿蓑』にあるが、詠みなおした後《のち》の句である。新庵で十五夜の月を見ることは、予想していなかったと思う。麓の田んぼには霧が立ち込め、くもってはいたが頭上には煌煌《こうこう》と月が輝いていた。この頃の芭蕉翁は大阪蕉門での門人同士の軋轢《あつれき》を耳にしていたので、内心はそれを憂《うれ》いた心のくもりであったかも知れない。

177番、「蕎麦《そば》はまだ　花でもてなす　山路かな」

大津で芭蕉翁と別れた各務支考は伊勢神宮を参詣し、伊勢の俳人・斗従《とじゅう》(生没年不詳)を伴って伊賀上野の新庵を訪ねた。合わせて京に滞在していた広瀬惟然、熱田の俳人・白《はく》鴻《こう》(生没年不詳)が来訪している。九月三日に伊賀の山中での光景を詠んだ句で、支考の『笈日記』や『続猿蓑』に載録される。「本来は蕎麦でも振る舞って持《も》て成《な》したいのですが、季節柄《きせつがら》、一面の白い花でしか持て成すことしかできません」と山里の様子を詠じた。蕎麦の花は九月から一〇月頃に咲くので、秋の季語《きご》ともなっている。

178番、「行く秋や　手をひろげたる　栗の毬《いが》」

慌ただしい故郷の滞在で、九月五日には門人の元説《げんせつ》(生没年不詳)亭で俳諧一折《ひとおり》が行われた。その時の句で、これも『続猿蓑』に収められた。芭蕉翁は別れに際して、上五に「行く春や」のように「行く」と言う動詞を多用している。栗の毬が開いて実が出ている様子が手を広げようにも見えたようだ。栗の「毬《いが》」と故郷の「伊賀《いが》」とを掛けて、別れの句にしたようにも思われる。

九月八日には、江戸から戻った二郎兵衛、各務支考、広瀬惟然、甥の又右衛門《またうえもん》と大阪へと伊賀上野を旅立つのである。その途中では奈良の猿沢《さるさわ》附近に一泊し、暗峠《くらがりとうげ》を越えて大阪に入っている。

179番、「菊の香や　奈良には古き　仏達《ほとけたち》」

奈良では何句か詠んでいて、この句は九月一〇日付で杉山杉風に宛てた書簡に添えられた三句の一句である。奈良の猿沢池《さるさわいけ》のほとりには芳醇《ほうじゅん》な菊の香りが漂い、興福寺の七堂《しちどう》伽藍《がらん》に古い仏たちが安置されている様子を詠んだ。奈良には門人が殆どおらず、俳諧文化も人口比《じんこうひ》からしても京ほどは盛んではなかった。そのためか、旅宿《りょしゅく》に一泊しただけである。

それに比べると大阪は、京を凌ぐほどの俳諧熱《ねつ》を帯びていた。伊勢山田からは夫婦で眼科医を営む斯波《しば》一有《いちゆう》（?—1170年）と斯波園女《そのめ》（1664—1726年）が元禄《げんろく》四年（1682年）に移住した。大阪には元禄三年（1690年）に入門した薬種《やくしゅ》問屋の槐木之道《かいきしどう》（?—1712年）がいて、大阪蕉門の重鎮となっていた。また、大津の浜田洒堂も元禄六年（1693年）に難波《なんば》の高津宮《つみや》に移住した。そこに入門が一年早い洒堂が割《わ》り込んで来た形《かたち》となったので、騒動となるのは必然であった。

元禄六年には大阪の有名人であった井原西鶴《さいかく》が五二歳で亡くなり、西鶴を敬遠していた芭蕉翁が大阪に入り易い環境となっていた。西鶴は芭蕉翁より二歳年長で、談林派の俳諧師と注目され、浮世草子《うきよぞうし》（小説）の作家となって一世を風靡《ふうび》した。蕉門の中には西鶴を慕う弟子も多く、芭蕉翁と違った魅力を感じていたようである。西鶴が派手《はで》好みであって、地《じ》味《み》な芭蕉應翁とは対照的な俳諧師でもあった。西鶴は斯波園女の才媛ぶりを褒《ほ》められ、宝井其角の句を絶賛していた。

180番、「猪《いのしし》の 床《とこ》にも入るや きりぎりす」

九月九日の夜、大阪蕉門の主導権争いを仲裁《ちゅうさい》するためには、当事者同士の話を聞く必要性があって、槐木之道と面会する前に洒堂を尋ねたようである。その一夜の様子を吟じた句で、服部土芳が著作た『三冊子《さんぞうし》』の俳諧論書に見られる。洒堂は猪のような大きな鼾《いびき》をかき、その隣りで寝る自分はキリギリスのようだと詠じた。大阪に出て来た洒堂は、医師を辞め、俳諧に専念する道を選んだ。その様子を芭蕉翁は、猪突猛進《ちょとつもうしん》する姿と重ねたようである。

181番、「升かうて 分別替《ふんべつかは》る 月見哉」

九月一三日、大阪の住吉神社の「宝之市神事《たからのいちしんじ》」を見物するために参詣した時の句で、膳所の門人・水田正秀《まさひで》(1657—1723年)に宛てた書簡に見られる。升《ます》の市《いち》で升を買った芭蕉翁は体調が悪くなって、その夜に予定されていた月見の句会をキャンセルした。「分別替る」には予定が替ったことを意味し、仏教用語でもあることから物の道理を弁《わきま》えたことも意味する。翌日には体調が少し回復したようで、洒堂の弟子で住吉神社の神官・

長谷川畦止《けいし》(生没年不詳)亭での歌仙に出席している。

182番、「秋もはや　ばらつく雨に　月の形《なり》」

九月一九日、其柳《きりゅう》(生没年不詳)亭での夜会の句で、同行した各務支考の『笈日記』にある。其柳については経歴が全く不明で、芭蕉翁が夜会に参加しただけで俳号が残された。「秋も早いもので、もう時雨《しぐれ》がばらつき、月の形《かたち》も変わって行く」と詠じた。芭蕉翁は時雨《しぐれ》を詠んだ句が多いけれど、大阪に入って初めて「秋」の字を記して詠んでいるが、その後《ご》は秋の字の付く句が七句も続き名句も生まれた。ここからは、芭蕉翁の最期の日々を追《お》って更に見て行きたい。

183番、「秋の夜《よ》を　打崩《うちくず》したる　噺《はなし》かな」

九月二一日、洒堂の弟子で商人の塩江車庸《しゃよう》(生没年不詳)亭で巻かれた歌仙の発句で、九月二三日付で窪田猿雖(意専《いせん》)・服部土芳に宛てた書簡、九月二五日付で菅沼曲水に宛てた書簡に添えられた句である。風雅な秋の夜長《よなが》を期待していたのに、その歌仙が雑談《ざつだん》で始まった場の雰囲気を即興《そっきょう》で詠んだ。その不本意《ふほんい》な様子を「打つ崩したる」と述べて、「崩す」

という言葉を上手に使っている。歌仙には亭主の他に浜田洒堂、伊賀上野から同行している各務支考と広瀬惟然、膳所の能役者の垂葉堂游刀《すいようどうゆうとう》（生没年不詳）らが参加したようで、洒堂、支考、惟然とは毎日のように顔を合わせていたので、緊張感《きんちょうかん》のない歌仙となったようだ。

184番、「おもしろき　秋の朝寝や　亭主《ていしゅ》ぶり」

九月二二日、車庸亭に泊った時に詠んだ句で、車庸の編集した『まつなみ』に収められた。芭蕉翁の来訪《らいほう》に気をよくしたのか、亭主の車庸は翌日は二日酔いであったと見られ、その朝寝が面白《おもしろ》いと詠んだ。朝寝に関しては、「春眠《しゅんみん》暁《あかつき》を覚えず」で春のイメージが強いが、そこに「秋」をもってきて面白いと詠んだのであろう。この句は懐紙《かいし》に書かれ渡されたようで、書簡にはない。

185番、「此道《このみち》や　行人《ゆくひと》なしに　秋の暮」

九月二六日、大阪清水《きよみず》の茶屋《ちゃや》四郎左衛門（生没年不詳）の料亭浮瀬《うかぶせ》で半歌仙が開かれた。豪華な料亭には一二人の連衆が集まり、そこで披露された発句で、同席していた和田泥足の『其便《そのたより》』に収められた。この句を記した書簡には、上五が「この道を」となっている。

また、同席した各務支考の『笈日記』には「人聲《ひとごえ》や 此道かへる 秋のくれ」と、初案の句が収められている。上五の「此道や」は、芭蕉翁が俳諧に入った道で最初の頃は貞門派や談林派の影響を受けた俳諧であったが、芭蕉庵に隠棲《いんせい》した頃から独自の俳風を模索する。それが独歩《どっぽ》する「行人なしに」の中七で、下五の「秋の暮」には人生の結びを感じされる重みがある。そんなことから「秋」の一字の入った句を何度も繰り返し詠嘆《えいたん》したのだと推察する。

186番、「白菊の 目に立てて見る 塵《ちり》もなし」

九月二七日、大阪北浜の斯波一有《いちゆう》と園女《そのめ》の自宅に招かて九吟歌仙が興行された。この歌仙の発句は、芭蕉翁の園女に対する挨拶句て、支考の『笈日記』に記された。「秋の寒気に咲く白菊《しらぎく》の花は塵《ちり》も埃《ほこり》もない清浄さで、貴女《あなた》の優美な姿にも見立てられる」と、褒《ほ》め称《たた》えたのである。この時の園女は三一歳で、当時では決して若いとは言えないが、美女才媛で知られた園女は大変喜んだことであろう。芭蕉翁が門人の女性を意識《いしき》して詠んだ句は殆どいないが、これが最初にして最後の句となった。

九吟には一有と園女の夫婦、支考と惟然のコンビ、対立していた之道と洒堂、之道の弟子の榎並舎羅《えなみしゃら》（生没年不詳）と経歴不明の何中《かちゅう》（生没年不詳）と芭蕉翁の九人であった。芭蕉翁は之道と洒堂の和解を促すため、いずれの家にも泊って説得にあたったようで、一応は鞘《さや》を納めた形となった。翌日は住吉の長谷川畦止《けいし》亭に移っているが、酷《ひど》い下痢に悩まされていたようだ。

187番、「秋深き 隣《となり》は何を する人ぞ」

九月二八日、堺商人の根来芝柏《ねごろしはく》（1643―1713年）亭での夜の句会に出席する予定であったが、体調が悪化して発句だけを寄せて療養した。この発句も身辺にいた支考が『笈日記』に記したが、志太野坡《のば》の編集した『六行会《りっこうかい》』には上五が「秋ふかし」となっている。現在では混同されてしまい、どちらも正《せい》となっている。ただ、野坡が載録した句には「ある人に対し」と詞書があって、それが誰なのか不明なのが残念に思われる。芭蕉翁の真意《しんい》が計《はか》りかねる句で、無関心な人間関係を詠んだ句と誤解されやすい。実際は隣りに住む人を気にかけて詠んだ句で、病身《びょうしん》ながら夢のような名句を得たのである。

一〇月五日、容体が急変した芭蕉翁は、大阪修道町《しゅうどうまち》の之道亭から南御堂《みなみみどう》の花屋仁左衛《にざえ》門《もん》（生没年不詳）の貸座敷へと移った。芭蕉翁の危篤《きとく》の知らせは、各地の蕉門の人々に伝えられ、箱根の木賀《きが》温泉に滞在していた宝井其角の耳にも入った。

188番、「旅に病《やん》で　夢は枯野を　かけ廻《めぐ》る」

一〇月九日深更《しんこう》、付き添っていた之道の弟子・呑舟《どんしゅう》（生没年不詳）に筆を執《と》らせて詠んだ句で、支考の『笈日記』に記された。上五の「旅に病で」には二つの意味があって、「旅先で病気すること」と、「旅の世界に病《や》みつき」となることである。おそらくは旅に夢中なったことを指し、今にでも枯れ尽きようとする命であるが、夢の中の自分は今でも野山《のやま》を駆け廻り続けると吟じた。

大阪での心労がなければ、西国に赴こうとする気概があったようで、芭蕉翁は『笈の小文』で踏んだ明石《あかし》の先を見ていた。之道が住吉神社に芭蕉翁の延命祈願《えんめいきがん》を行ったが、皮肉なことに芭蕉翁が大阪入りをした住吉神社で最初に体調を崩している、

189番、「清瀧《きよたき》や　波にちり込《こむ》　青松葉《あおまつば》」

芭蕉翁は死ぬ間際《まぎわ》になって、以前に詠んだ「大井川《おおいがわ》　波に塵なき　夏の月」を推敲している。この句は、伊賀上野から約一ヶ月間を同伴した支考の『笈日記』に最後の句として収

められた。枯野《かれの》の句を詠んだ直後の芭蕉翁は、春の状況を詠みたいと思う気持ちがあったようだ。「塵《ちり》」の表記に関しては、園女に対する吟で使用しているので、そのジレンマがあって、青松葉が波に「散り込む」に変えている。芭蕉の俳諧の句に対する情熱は死の渕《ふち》にあっても途切れることがなかった。

病床の枕元《まくらもと》には、木節《もくせつ》、其角、去来、支考、惟然、乙州、正秀《まさひで》、之道と蕉門の重鎮たちが寄り添っていた。ここに洒堂が不在だったのは、師を苦しめた懺悔《ざんげ》の気持ちがあったと推測したい。

一〇月一〇日、芭蕉翁は最後の気力を振り絞《しぼ》って兄の半左衛門に遺書をしたためた。難解な漢字の候文《そうろうぶん》なので、読み下すと、

「お先に立ち候段《そうろうだん》、残念に思《おぼ》し召《め》されべき候《そうろう》。如何様《いかよう》とも又右衛門（兄の長男）頼りになされ、お年寄られ（長生きなさって）、お心静かに御臨終なさるべく候。ここに至って申し上げる事御座《ござ》なく候。市兵（貝増卓袋《かいますたくたい》）へ・次右衛門（岡本苔蘇《たいそ》）・意専老《いせんろう》（窪田猿雖《えんすい》）をはじめ、残らず御心得《おこころえ》便り奉《たてまつ》り候（皆によろしくお伝え下さい）。中でも十左衛門（山岸半残《はんざん》）・半左（服部土芳）殿も右の通り。はは様（姉か兄嫁）・およし（末の妹）力落し申すべからず候。以上　十月十日　桃青《とうせい》（芭蕉）　松尾半左衛門（兄）様　新蔵（片野望翠《ぼうすい》）は殊《こと》に骨折

られかたじけなく候。」となる。

肉親や親近者に芭蕉翁が自らしたためた遺言であるが、肉親に対する情の細《こま》やかさと、長年《ながねん》世話になった親近者や門人に対する感謝の念が込められている。文末には寿貞尼《じゅていに》の法要を執り行った新蔵にはねぎらいの言葉を記している。芭蕉危篤の知らせは各地に発せられたが、大阪から比較的近い伊賀上野には死去してから連絡が入っている。在郷《ざいごう》の家族や親近者には、心配をかけまいとする芭蕉翁の配慮《はいりょ》があったのである。この優しさはどこから来るのだろうと、涙を流さずにはいられない。

一〇月一二日午後四時、看護の門人たちに囲まれて、芭蕉翁は五一歳の生涯を閉じた。遺言によって膳所の無名庵がある義仲寺《ぎちゅうじ》に埋葬されることになって、遺骸《いがい》は夜に長櫃《ながびつ》に納められて淀川を舟で上った。訃報《ふほう》を知った伊賀上野の服部土芳と貝増卓袋は、急ぎ大阪に駆け付けた時には既《すで》に近江へ移されていて、義仲寺で最後の対面を果たしている。

一〇月一四日、義仲寺で住職の直愚上人《じきぐう》(生年没年不詳)が導師となって葬儀が執り行われた。参列した会衆は三〇〇余人とされ、その内門人は八十人が焼香している。墓は悲劇の武将・木曽義仲《よしなか》(1154―1184年)の隣りに築かれた。それから間もなく、江戸から服部嵐雪と天野桃隣が義仲寺の墓に手を合わせた。門人の内藤丈草は、無名庵で三年間喪《も》に服している。

芭蕉翁の死後は、その影響を受けた門人たちが様々な形で追悼した。特に『おくのほそ道』の旅の影響が強く、芭蕉翁の存命中《ぞんめいちゅう》には二六歳頃の各務支考が行脚《あんぎゃ》している。没後間もない年には、四七歳頃の広瀬惟然が『おくのほそ道』を逆廻《ぎゃくまわ》りで行脚した。四八歳の天野桃隣も行脚し『陸奥衛《むつちどり》』を刊行し、五七歳の三上千那は信州も廻って『白馬《はくば》紀行』を刊行している。

江戸時代後期には、『おくのほそ道』は芭蕉翁の聖地のように人気が高まった。越前丸岡の俳人の蓑笠庵梨一《さりゅうあんりいち》（１７１４―１７８３年）は六四歳の時、『おくのほそ道』を精査した研究書である『奥細道菅菰抄《おくのほそみちすがごもしょう》』を刊行した。芭蕉翁を最も信奉《しんぽう》した画家で俳人の与謝《よさ》蕪村《ぶそん》（１７１６―１７８３年）も二八歳の時に行脚し、「奥の細道画巻」と「奥の細道屏風」を作画した。その影響は女流俳人にも及び、長門《ながと》の国長府《ちょうふ》の田上菊舎《たがみきくしゃ》（１７５８―１８２６年）は三〇歳頃に『おくのほそ道』を逆廻りで行脚している。

芭蕉翁の門人の中で特に優れた門人を「蕉門十哲《しょうもんじってつ》」と呼んでいて、宝井其角、服部嵐雪、向井去来、内藤丈草、森川許六、杉山杉風、各務支考、立花北枝、志太野坡、越智越人の一〇人が通説《つうせつ》となっている。ここに『おくのほそ道』で芭蕉翁を支えた河合曾良の名がないのは不思議に思える。そこで曾良を加えた一一人の名句を紹介して『「芭蕉学」のすすめ』の結びとしたい。

⒁

蕉門《しょうもん》十哲《じってつ》の句と曾良《そら》の句

190番、「名月や　畳《たたみ》の上に　松の影」　宝井其角の句

宝井其角（1661—1707年）は医師の家に生まれているが、家業は継がずに延宝《えんぽう》元年（1670年）、芭蕉翁が江戸で立机《りっき》した年に一三歳で入門した。俳諧師を目指したようであるが、進路を決めるには少し早すぎる入門である。其角の父・榎本東順《とうじゅん》（1620—1693年）も俳人で芭蕉翁とは面識があって、其角を預《あず》かる形となったと推察する。二五歳頃には俳諧宗匠として独立し、洒落風《しゃれふう》の派手で豪放な句を好んでいるが、190番のように写実的な句もある。中秋の名月の輝きが庭の松を照らし、その影が畳の上に映った様子を詠じた。元禄《げんろく》五年（1692年）に其角が刊行した『雑談集《ざつだんしゅう》』に収録されている。

191番、「この下に　かくねむるらん　雪仏《ゆきぼとけ》」　服部嵐雪の句

服部嵐雪は（1654—1707年）は常陸笠間《ひたちかさま》藩士であったが、不良青年で武士に不向きであったようだ。二〇歳頃に芭蕉翁に入門し、次第に頭角《とうかく》を現し三三歳に立机している。ライバル視された七歳年少の其角とは同時期の独立でもあった。嵐雪の句は義仲寺の芭蕉翁の墓前で詠んだ句で、雪遊びの好きだった師匠の姿を思い出している。嵐雪が芭蕉翁の

訃報《ふほう》を知ったのは一〇月二二日で、追悼句会を催《もよお》すと、すぐさま天野桃隣と共に江戸を立った。一一月七日頃には義仲寺に到着していたと想定する。雪が降っていても不思議ではなく、雪の下に眠る師匠のために仏《ほとけ》の雪像《せつぞう》でも作りましょうかと哀悼《あいとう》した。

192番、「つかみあふ　子共《こども》の長《たけ》や　麦畠」向井去来の句

向井去来（1651―1704年）は長崎の生まれで、京の堂上家《とうしょうけ》に仕える武士であったが、長い浪人生活を経て芭蕉翁の影響もあってか俳諧師となる。貞享《じょうきょう》元年（1681年）、四七歳の去来は宝井其角の紹介で正式に入門し、水を得た魚のように活躍する。芭蕉翁が十六通にも及ぶ書簡を認《したた》めるほど、去来には期待を寄せていた。去来の句は、子供の背《せ》丈《たけ》ほど伸びた麦畑で遊ぶ子供の様子を詠んだ句である。芭蕉翁が去来の落柿舎《らくししゃ》に滞在した折に執筆した『嵯峨日記』に載録された。

193番、「涼しさを　見せてはうごく　城《しろ》の松」内藤丈草の句

内藤丈草（1662―1704年）は尾張藩犬山《おわりはんいぬやま》城主成瀬家《なるせけ》の家臣であったが、元禄《げんろく》元年（1688年）の二七歳の時に遁世《とんせい》している。その翌年、犬山の医師である中村史邦《ふみくに》の紹介

で芭蕉翁の門人となった。丈草の句は、かつて登城《とじょう》した犬山城を懐かしみ吟じた句で、木曽川から吹く寄せる涼風《りょうふう》に城の松が気持ちよく揺れている様子を詠んでいる。犬山城は白帝城《はくていじょう》とも呼ばる美しい城で、その城門の側に丈草の詠んだ句碑が昭和二八年（１９５３年）に丈草の二五〇年祭を記念して建立《こんりゅう》された。

１９４番、「菜の花の　中に城あり　郡山《こおりやま》」　森川許六の句

森川許六（１６５６―１７１５年）は近江の彦根藩士で、武術に秀《ひい》でて、絵画や俳諧を嗜む「文武両道」をゆく典型的な人物であった。江戸に勤番《きんばん》した折、其角や嵐雪から俳諧の指導を受けている。元禄《げんろく》五年（１６９２年）の三七歳の時に正式に芭蕉翁の弟子となった。芭蕉翁の句には城郭をテーマにした句が殆どなく、敢《あえ》て許六の句も大和郡山城を詠んだ句を選んだ。当時は菜種油《なたねあぶら》の採取《さいしゅ》のため広く栽培されていた。その菜の花が城郭一帯に咲き、その花の上に一五万石の城郭を眺めて詠んだのである。

１９５番、「月見るや　庭四五間《しごけん》の　空の主《ぬし》」　杉山杉風の句

杉山杉風（１６４７―１７３２年）は、江戸で幕府御用《ごよう》を務めた魚問屋に生まれ家督を継

承した。蕉門の最古参《さいこさん》で、芭蕉翁の最大の後援者でもあった。芭蕉翁の気まぐれな隠棲のため、深川の生簀《いけす》の番屋を提供している。また、気ままに変化する作風に従った忠実な門人の一人で、「去来は西国三十三国の俳諧奉行《ぶぎょう》、杉風は東国三十三国の俳諧奉行」と評された。杉風の句は豪商の家の庭としては小さく、坪庭《つぼにわ》が想定される。その庭から眺める月は、空の主賓《しゅひん》のようだと詠じた。

蕉門十哲の中では杉風は最も長寿《ちょうじゅ》で八六歳であった。其角は四七歳、嵐雪は五四歳、去来は五四歳、丈草は四三歳、許六は六〇歳、支考は六七歳、北枝の享年《きょうねん》は不明、野坡は七九歳、越人は八四歳頃で、其角と丈草の早死《はやじ》にが惜しまれる。

１９６番、「牛呵《しか》る　聲《こえ》に鴫《しぎ》なく　夕べかな」各務支考の句

各務支考（１６６５―１７３１年）は美濃の禅寺の僧侶であったが、一九歳の頃に還俗《げんぞく》して俳諧師を志す。元禄《げんろく》三年（１６９０年）、二六歳の時に近江に滞在していた芭蕉翁と面会《めんかい》し入門する。おそらく、『おくのほそ道』を実際に旅し体験した影響による入門であったと推定する。三〇歳の時に近畿を遍歴した芭蕉翁に追従《ついじゅう》し、俳諧の奥義《おうぎ》を独自の眼で学んだ。支考の句は、牛飼いか農夫が鞭《むち》を打って牛を叱《しか》る声に、田んぼに棲むシギが牛に同

情して鳴く夕暮れの様子を詠んでいる。この句碑は全国に七基ほど建っていて、支考が僧侶時代の過ごした大智寺《だいちじ》にもある。六〇歳になって大智寺境内に獅子庵《ししあん》を結び美濃蕉門の拠点とした。

197番、「ふむ花や　見上《みあ》げて登る　山ざくら」立花北枝の句

立花北枝（?—1718年）は加賀金沢の研《と》ぎ師で、『おくのほそ道』で芭蕉翁を案内した俳人である。身分は低かったものの、加賀蕉門の重鎮となった。芭蕉翁との交流は続き、元禄《げんろく》六年（1693年）には伊賀上野に滞在していた芭蕉翁に書簡を送っている。その書簡には北枝が詠んだ五句が添えられている。その一句が白山《しらやま》に登山した際の句で、高山植物の咲く湿原を踏んで見上げる先に山桜が咲いていたと詠じた。実際に咲いていたのは花の小さな峰桜《みねざくら》で、芭蕉翁も出羽月山《でわがっさん》で眺めた遅桜《おそざくら》と一緒である。

198番、「行く雲を　寝ていて見るや　夏座敷《なつざしき》」志太野坡の句

志太野坡（1662—1740年）は越前福井に生まれ、父と江戸に出て越後屋の両替店の手代《てだい》を務めた。其角に俳諧を学び、元禄《げんろく》六年（1693年）の三二歳の時に芭蕉翁から直

接指導を受ける。商用で長崎に滞在した後《のち》に越後屋を辞め蕉風を広めるために度々西国行脚をし、九州の久留米《くるめ》には多くの門弟を得ていた。野坡の句は、開けっ放しにした座敷に腕枕《うでまくら》でもして横になって、夏雲《なつぐも》の行方《ゆくえ》を眺めている様子を詠じている。分かり易い句で、芭蕉翁の「軽み」を感じさせる句でもある。

１９９番、「初雪を　見てから顔を　洗《あらい》けり」　越智越人の句

越智越人（１６５６—１７３９年頃）は越後の生まれで、名古屋で染物屋を営みながら俳諧を嗜《たしな》んだ。貞享《じょうきょう》元年（１６８４年）に芭蕉翁が『野ざらし紀行』で名古屋に立ち寄った際、二九歳の時に入門している。『笈の小文』では渥美《あつみ》半島に同行し、『更科紀行』では江戸まで一緒に旅をしている。越人の句は、朝方《あさがた》起きて戸を開けると、外は真っ白な初雪に包まれていて、思わず見とれてしまい顔を洗うのが遅くなったことを詠んだ。越人は尾張蕉門の重鎮として活躍し、十哲では杉風に次ぐ長寿者《ちょうじゅしゃ》となる。

２００番、「春にわれ　乞食《こつじき》やめて　筑紫《ちくし》かな」　河合曾良の句

河合曾良（１６４９—１７１０年）は信州高島《たかしま》の生まれで、二〇歳の時に伊勢長島藩松平家に仕えるが三三歳の時に藩士《はんし》を辞して江戸に下《くだ》る。俳諧は三〇歳の頃から嗜んでいたようで、深川で浪人《ろうにん》をしていた三八歳頃に芭蕉翁に入門している。芭蕉翁の『鹿島紀行』に同行し、『おくのほそ道』の長途《ちょうと》の旅に随行した。その後も芭蕉翁に寄り添うように江戸で暮らし、近畿を遍歴していた芭蕉翁を尋ねている。元禄《げんろく》一三年(1770年)、曾良は芭蕉翁の七回忌の年に、大津膳所の義仲寺を訪ねて師匠を追悼《ついとう》した。

その後の曾良の終息は不明であるが、宝永《ほうえい》六年(1709年)、六一歳の時に幕府の巡《じゅん》見使《けんし》随員に任じられて九州に赴く。曾良の句は、その時の吟で遅咲《おそざ》きながら自分にも春が訪れ、乞食のような暮らしから幕府の役人になって筑紫に来ていると、喜びに満ちた句を詠んでいる。しかし、この喜びも束の間で、壱岐《いき》の国(壱岐島)を巡見していた時に勝本《かつもと》で六二歳で病死する。芭蕉翁の没後は俳諧と関わらなくなり、この句が辞世の句となった。『おくのほそ道』は曾良がいての旅で、万事《ばんじ》に控えめな曾良を気遣《きづか》って曾良の詠んだ句を九句も本文に書き記した。曾良は脇役《わきやく》に徹したが、『おくのほそ道』の共演者《きょうえんしゃ》であったのは確かと言える。

後《あと》書《が》き

芭蕉翁が俳諧宗匠となってから側近《そっきん》六六人、弟子《でし》三〇〇余人、孫弟子《まごでし》二、〇〇〇余人と、江戸時代の俳諧宗匠の一門としては最大の規模を誇った。芭蕉翁の没後は芭蕉塚（翁塚《おきなづか》）が、ゆかりの地に建立《こんりゅう》された。句碑も含めると、芭蕉翁の五十回忌の寛保《かんぽう》三年（1743年）には四七基が建てられ、その数は年々増《ま》して江戸時代末期には一、四〇〇余基があったとされる。近年になると、沖縄県を除く都道府県《とどうふけん》に建てられていて、その数は二、六八一基に及ぶ。文学碑を含めてもダントツの日本一である。

江戸時代中期から松尾芭蕉という人物が何故これほどに慕われたのか考えた時、遊び芸《げい》事《ごと》であった俳諧を芸術的な文学に高めたと一般的に言われる。従来の俳諧が漫画《まんが》の絵とすると、芭蕉翁の俳諧には絵画の水墨画《すいぼくが》のような次元の違いを感じる。芭蕉翁の俳諧の句の素晴らしさもさることながら、芭蕉翁の旅の人生に魅力を感じるファンも多いと思う。詩人はその生《い》き様《ざま》が作品に反映されいることが重要視される。石川啄木《たくぼく》（1885―1912年）が七〇歳まで生きたとしてら今日のように世に残ることはなかったであろう。俳句と短歌を詠んだ正岡子規《まさおかしき》（1867―1902年）にしても独身を貫き、三六歳の若さで亡くなったことが人を引き付ける。童話作家で詩人の宮沢賢治《けんじ》（1896―1933年）も新し物好きの子規と類似点が感じられる。

俳人芭蕉翁の人生を総括《そうかつ》すると、裕福でもない家庭に生まれながらも伸び伸びと育てられたことが原点にある。芭蕉翁の自然に対する観察力の鋭《するど》さは少年時代に強い関心を寄せていたとに始まり、和歌や漢詩を愛読して深められた。青年時代には俳諧に夢中となって交際の幅が広がり、その縁もあってか藤堂家への任官を果たして曲《ま》がりなりにも武士の仲間入りもした。

主君の死を契機に芭蕉翁の人生観が変わり、俳諧一筋に生きる道を選択《せんたく》する。俳諧の世界は身分制度に縛《しば》られず、才能や知識が豊かであると乞食僧《こつじきそう》まで俳諧の席に招かれた。芭蕉翁も上は藩主の殿様から下は貧困層の浪人まで接した。芭蕉翁は人脈つくりが上手《じょうず》であったが、それを疎く感じる一面があって、独り過ごす時間を求めるようになる。それが深川の隠棲である。俳諧宗匠として、点取《てんと》俳諧に嫌気《いやけ》がさした芭蕉翁の我がままもあったようで、江戸の門人たちは困惑《こんわく》したこであろう。

深川で『鹿島紀行』の風雅《ふうが》な旅を経験してからは旅の世界に魅《み》せられ、江戸を離れる決意をする。蕉風を広めることによる新たな門人との出会いを求めたようである。『野ざらし紀行』はその始まりで、尾張《おわり》、近江、京、郷里の伊賀上野で多くの門人を得ている。その後の旅も同様で、門人との再会を楽しみ、新たな門人との出会いを期待したのである。

江戸の草庵暮しに飽きると、旅に出ること四度と続いた。それが芭蕉文学の基盤となっていて、その金字塔《きんじとう》が『おくのほそ道』の紀行文である。その足跡約2、400㎞の中から二六ヶ所の由緒地《ゆいしょち》が平成二六年（2014年）に「おくのほそ道の風景地《ふうけいち》」として国の名勝に指定された。従来に指定された毛越寺《もうつうじ》庭園、松島、山寺、那谷寺《なたでら》を含めると三〇ヶ所に及ぶ。俳諧と旅に撤した芭蕉翁のスタンスは、「芭蕉学《ばしょうがく》」と言う宗教、哲学、思想、芸術を超越した新しいジャンルに覚えてならない。

参考文献

『芭蕉俳句集』　中村俊《しゅんじょう》定校注　岩波文庫

『おくのほそ道』　荻原恭男《おぎわらやすお》校注　岩波文庫

『芭蕉紀行文集』　中村俊定校注　岩波文庫

『蕉門の人々』　柴田宵曲《しょうきょく》著　岩波文庫

著者紹介

佐々木 清人（ささき きよと）

雅号：**紫闇 陀寂**（しやみ だじゃく）

昭和28年(1953年)生まれ。

秋田県平鹿町(現・横手市)出身。

職業：随筆家見習い、自称詩歌人。

主な資格：第１回日本温泉名人、建築設備士、
１級管工事施工管理技士、２級造園施工管理技士、
消防設備士、調理師など多数。

著書：短歌集『漂泊の思いやまず』、創文印刷出版。
紀行文『三野山巡礼』、新風舎。
紀行文『奥の細道輪行記』、近代文藝社。
和歌集『名僧百人一首』、文芸社。
和歌集『侍百人一首』、文芸社。
短歌集『設備屋放浪記』、文芸社。
紀行文『新四国八十八ヶ所霊場』、イズミヤ出版。
随筆集『高野山と伊勢神宮』、イズミヤ出版。

「芭蕉学」のすすめ

発行日　令和５年(2023年) ３月１日

著　者　佐々木 清人

発行人　藤田 卓也

発行所　藤田印刷エクセレントブックス
〒085-0042　北海道釧路市若草町３－１
TEL　0154-22-4165
FAX　0154-22-2546

印刷・製本　藤田印刷株式会社

ISBN 978-4-86538-150-4 C0095